すべての風景の中にあなたがいます

成井豊 Yutaka Narui
＋
真柴あずき Azuki Mashiba

論創社

すべての風景の中にあなたがいます

写真撮影
伊東和則（本文）
ブックデザイン
ヒネのデザイン事務所＋森成燕三

目次

すべての風景の中にあなたがいます

I CAN SEE YOU IN EVERY SCENERY

登場人物

滝水浩一　（広告デザイナー）
藤枝沙穂流　（ピアノ教師）
加塩伸二　（ＳＦ作家）
藤枝沙知夫　（沙穂流の父・大学教授）
藤枝詩波流　（沙穂流の母・主婦）
今村芽里　（出版社勤務）
長者原元　（広告代理店勤務）
天草志路美　（広告代理店勤務）

この作品は、梶尾真治『未来のおもいで』（光文社文庫）を脚色したものです。

1

二〇〇六年十二月二十九日午後十一時。
熊本県熊本市にある、小説家・加塩伸二の家の書斎。
加塩と滝水浩一がやってくる。滝水はリュックサックを背負っている。

加塩 さあ、入れ入れ。

滝水 悪かったな、こんな時間に。仕事中だったんじゃないか?

加塩 無二の親友が来たっていうのに、仕事なんかしていられるか。「朋有り遠方自り来る、亦た楽しからずや」だ。

滝水 うちはここから車で十五分だけど。

加塩 それはそうだが、こうして会うのは一年ぶりじゃないか。さあ、座れ座れ。

滝水 ああ、座る座る。（とリュックサックを床に置き、ソファーに座る）

加塩 外は寒かったろう。待ってろよ。今、ラーメンを作ってやるからな。

滝水 いや、俺は腹は減ってないんだ。

加塩 食い物より、飲み物か。仕方ない。新潟のファンから送ってもらった越の寒梅、熱燗で飲

滝水　ませてやる。
加塩　いや、酒もいらない。俺は車で来たんだ。
滝水　おまえってやつは相変わらず、空気の読めない男だな。俺がこんなに必死になって、もてなそうとしてるのに、なぜ素っ気なく断る。
加塩　何だか申し訳なくて。だって、おまえ、原稿を書いてたんだろう？　締切は大丈夫なのか？
滝水　そんなこと、おまえが気にするな。締切だったら、とっくに過ぎてる。
加塩　え？　いつだったんだ？
滝水　一週間前だ。連載の第一回で、枚数は五十枚。題名も決めた。主人公の名前も決めた。主人公の恋人の名前も決めた。それなのに、最初の一行が書けない。もうダメだ。こうなったら、阿蘇に行って、火口から身を投げるしかない。そこまで追い詰められてたところへ、おまえが来たんだ。おまえは命の恩人なんだ。
加塩　おまえほどの作家になっても、書けなくなることがあるのか。
滝水　最初の頃は、書くのが楽しくて、仕方なかった。次から次へとアイディアが涌いてきて。でも、そのうちに、あ、これは前に書いた、これも前に書いたって思うようになって。全く、なぜ作家なんかになっちまったのかな。
加塩　（リュックサックから酒瓶を出して）これでも飲んで、元気を出せよ。
滝水　（受け取って）マッカランか。ずいぶん、気張ったな。
加塩　夜中に押しかけた、お詫びだ。

加塩　ありがたく頂戴する。早速、乾杯と行こう。
滝水　俺は車だって言っただろう。悪いけど、コーヒーをくれ。
加塩　相変わらず、コーヒー党か。でも、家にはインスタントしかないぞ。
滝水　コーヒーなら、何でも構わない。

加塩がカップにコーヒーを淹れ、グラスにウィスキーを注ぐ。

滝水　おまえ、三年の文化祭の時、展示をやっただろう。たった一人で。
加塩　ＳＦ研究会の部員は俺一人だったからな。
滝水　教室中にパネルを立てて、模造紙を貼って。書いてあるのはロボット、エイリアン、タイムマシン。全部、ＳＦ用語の解説だ。あまりに不気味で、誰も中に入らなかった。
加塩　おまえは入ってきたじゃないか。
滝水　ヤマトかガンダムのビデオが見られるかと思ったんだよ。俺、おまえに聞いたよな？「こんなことをして、おもしろいか」って。そうしたら、おまえ、「俺はＳＦ作家になる。そのための準備だ」って。
加塩　そんなこと、言ったっけ？
滝水　言ったよ。「なりたい」じゃなくて、「なる」って言ったんだ。ビックリしたよ。でも、不思議とバカバカしいとは思わなかった。こいつは本当にＳＦ作家になるだろう。そう思ったんだ。

加塩　あの時、おまえが止めてくれてたら、こんなに苦しまずに済んだんだ。ほら、加塩伸二特製のインスタント・コーヒーだ。

加塩がカップとグラスをテーブルの上に置き、ソファーに座る。

滝水　ありがとう。（パソコンを見て）今度はどんな話なんだ。
加塩　聞いて、どうする。どうせ読まないくせに。
滝水　俺は小説を読むのが苦手なんだ。でも、興味がないわけじゃない。
加塩　一言で言えば、タイムトラベルものだ。主人公が時の流れを遡って、過去の時代に行く。
滝水　どうやって？
加塩　もちろん、タイムマシンに乗ってだ。あ、でも、ドラえもんに出てくるやつを想像をするなよ。俺が考えたのは、あんなチャチなやつじゃない。蒸気機関車みたいに巨大なんだ。
滝水　加塩、タイムマシンていうのは理論的に可能なのか？　科学が発達したら、いつかは誰でも乗れるようになるのか？
加塩　ならない。百パーセント、不可能だ。
滝水　おいおい、ＳＦ作家がそんなことを言っちゃっていいのか？
加塩　事実だから、仕方がない。時を遡るためには、光より速い速度で移動しなければならない。そんな乗り物が人間に作り出せると思うか？
滝水　じゃ、おまえの書いた小説は、全部デタラメか？

加塩　夢と言ってくれ。子供の頃、もし空が飛べたら、変身できたらって思わなかったか？

滝水　じゃ、タイムトラベルは永遠に不可能なんだな？

加塩　少なくとも、タイムマシンによるタイムトラベルは不可能だ。

滝水　どういうことだ？　タイムトラベルっていうのは、タイムマシンでするものじゃないのか？

加塩　タイムトラベルものは星の数ほどあるからな。中には、タイムマシンを使わずにタイムトラベルする小説もあるんだ。有名なのは、ジャック・フィニィの『ふりだしに戻る』とか、リチャード・マシスンの『ある日どこかで』とか。この二つの小説に共通するのは、別の時代に跳ぶエネルギー。それがなんと、人間の思いなんだ。その時代に行きたいっていう強い思いが、主人公を跳ばす。

滝水　それはつまり、超能力ってことか？

加塩　人間の思いには、科学では証明できない力がある。テレパシーとか、サイコキネシスとか、テレポーテーションとか。とすれば、タイムトラベルができたとしても、不思議じゃない。

滝水　その時代に行きたいっていう強い思いか。

加塩　滝水、おまえ、どこか行きたい時代があるのか？

滝水　ある。今から二十七年後の、二〇三三年。

加塩　なぜだ。いや、話したくないなら、無理には聞かないが。

滝水　いや、聞いてくれ。今日ここに来たのは、この話をするためだったんだ。全部終わったら、おまえの意見を聞かせてほしい。俺はどうするべきか。

加塩
滝水

約束しよう。
今から八カ月前、今年の四月のことだ。

時間が巻き戻る。滝水が八カ月の間に会った人々が、彼の横を通り過ぎていく。最後に、藤枝沙穂流がやってくる。一瞬、立ち止まり、滝水を見るが、やはり、通り過ぎていく。

2

滝水　今から八カ月前、今年の四月のことだ。俺は熊本と宮崎の県境にある、白鳥山に登った。その時、ある女性と出会ったんだ。

加塩　（滝水に）ちょっと待て。白鳥山なんて山、聞いたことないぞ。

滝水　そうだろうな。熊本市内からだと、車で三時間はかかるし、標高一六三九メートル、高さも中途半端だ。だから、登山家には人気がないし、本で紹介されることもない。

加塩　そんな山に、なぜ登った。

滝水　好きだからさ。白鳥山は大部分が原生林。つまり、太古の自然がそのまま残ってるんだ。その中を歩いてると、仕事とか人間関係とか、煩わしいことはすべて忘れられる。

加塩　一人で行ったのか？

滝水　もちろんだ。俺はいつも一人で行く。山は一人で登るものだ。

滝水がリュックサックを背負う。

滝水　白鳥山には、登山口が三つある。その日は、唐谷登山口を選んだ。天気は朝から快晴だったが、一時間ほど登ると、霧が出てきた。山の天気は変わりやすい。気にしないで、登り続けると、霧はどんどん濃くなっていった。と、突然、とんでもない景色が目に飛び込んできた。

加塩　いよいよヒロインの登場だな？

滝水　違う。斜面いっぱいに広がる、何千もの白い花。山芍薬の群落だ。

加塩　なんだ、花か。それのどこがとんでもないんだ。

滝水　白鳥山のヤマシャクは、毎年五月に咲く。去年も一昨年もそうだった。それなのに、なぜ一カ月も早く咲いたのか。

加塩　地球温暖化のせいじゃないのか？　北極の氷もどんどん減ってるって言うし。

滝水　茫然と立ってると、頬に水滴。雨だった。俺はすぐに頂上へ向かって歩き出した。五分ほど登って、右に折れると、小さな洞窟がある。そこで雨宿りをしようと。すると、頂上の方から足音が聞こえた。登山道を駆け下りてくる、足音が。

そこへ、沙穂流が走ってくる。リュックサックを背負っている。滝水を見て、立ち止まる。

滝水　こっちに雨をしのげる場所があります。

沙穂流　（うなずく）

滝水が歩き出す。沙穂流が後についていく。雨の音が大きくなる。二人が洞窟に入る。リュックサックを下ろし、タオルで顔を拭く。閃光、そして、落雷。沙穂流が両手で耳を押さえ、うずくまる。

滝水　苦手なんですか、雷？

沙穂流　……？

滝水　（大声で）雷、苦手なんですか？

沙穂流　（うなずき、両手を下ろす）

滝水　ほんのちょっとの我慢ですよ。一時間もすれば、通りすぎる。何年か前にも、同じ目に遭いましてね。それで、この洞窟を見つけたんです。

沙穂流　よくいらっしゃるんですか？

滝水　白鳥山にですか？　ええ。年に五、六回は来ます。あなたは？

沙穂流　同じです。子供の頃から、父に連れられて、何度も。ヤマシャクの季節は、毎年必ず。

滝水　今日もキレイでしたね。ちょうど満開になったところだった。昨夜は仕事で徹夜だったんだけど、無理して来た甲斐がありました。

沙穂流　でも、こんなに強い雨が降るなんて。やっぱり、ジンクスって当たるんですね。

滝水　ジンクス？

沙穂流　今日は十三日の金曜日なんですよ。

滝水　え？　今日は日曜じゃありせんでしたっけ？

沙穂流　いいえ、金曜です。私の仕事は火曜と金曜がお休みなんで、ここには大抵、金曜に来るんです。

閃光、そして、落雷。沙穂流が両手で耳を押さえ、うずくまる。

滝水　大丈夫ですか？

沙穂流　ごめんなさい。私、雷は本当に苦手で。もしあなたに出会わなかったら、道の真ん中で泣き叫んでたと思います。

滝水　コーヒーはいかがですか？　気分が落ち着きますよ。

沙穂流　コーヒーですか？

滝水がリュックサックから水筒を取り出す。蓋を開けて、コーヒーを注ぐ。

滝水　僕は、高校時代からコーヒーが好きでしてね。最近は、自分でオリジナルのブレンドを作ってるんです。あなたの口に合うかどうかはわかりませんが。

沙穂流　信じられない。こんな所でコーヒーが飲めるなんて。

滝水　山で飲むコーヒーは最高ですよ。さあ、どうぞ。（と蓋を差し出す）

沙穂流　（受け取って、コーヒーを飲む）

滝水　まずいならまずいって言ってください。今後の参考にしますから。

沙穂流　おいしいです。とっても。

滝水　よかった。正直に言うと、自信作なんです。自分では、熊本市内で一番うまいと思ってま

17　すべての風景の中にあなたがいます

す。まだありますから、おかわりしてください。

沙穂流 じゃ、遠慮なく。（と蓋を差し出して）熊本市にお住まいなんですか？

滝水 （コーヒーを注ぎながら）ええ。あなたは？

沙穂流 私もです。でも、どうして白鳥山に？　山なら、近くにいくらでもあるのに。

滝水 でも、人がいる。お恥ずかしい話ですけど、僕は人付き合いが苦手なんです。だから、時々、無性に一人になりたくなる。すると、知らない間に、ここに向かってるんです。

沙穂流 それなのに、私なんかと会っちゃって。

滝水 いや、そんな……。それより、あなたはどうして白鳥山に？

沙穂流 あなたと逆です。淋しくなると、ここに来る。ここに来れば、父に会えるような気がして。

滝水 お父さん、亡くなったんですか？

沙穂流 ええ、私が高校三年の時に。雨、小降りになったみたいですね。

滝水 本当だ。

沙穂流 （コーヒーを飲み干して）私、行きます。コーヒー、ご馳走様でした。（と蓋を差し出す）

滝水 （受け取って）でも、もう少し待ってれば、止むのに。

沙穂流 夕方、友達と会うんです。急いで行かないと、遅刻しちゃいます。

滝水 そうですか。（とリュックサックの中からリュックカバーを取り出して）じゃ、これを持っていってください。リュックカバーです。これをつければ、中の荷物が濡れずに済む。

沙穂流 でも、あなたの荷物は。

滝水 僕はもう少し、ここにいます。コーヒーもまだ飲んでないし。さあ、どうぞ。（とリュッ

沙穂流　クカバーを差し出す）

滝水　じゃ、遠慮なく。（と受け取り、リュックサックにつけて）あ、これ、どうやってお返しすればいいんでしょう？

沙穂流　縁があったら、また会えますよ。この白鳥山で。それまで、持っててください。

滝水　あなたに会えて、本当によかったです。お世話になりました。
気をつけて。

沙穂流が去る。滝水が蓋にコーヒーを注ごうとする。が、コーヒーは出てこない。

滝水　カラだ。

加塩　なんて女だ。一人で全部飲みやがったのか？

滝水　ビックリしたけど、うれしかった。だって、それほどうまいと思ったってことじゃないか。

加塩　惚れたな？

滝水　おかしな話だけど、この人だって思った。

加塩　彼女、美人だったのか？

滝水　ああ。でも、それだけで好きになったわけじゃない。彼女は一人で白鳥山に来た。何年も前から、俺と同じことをしてたんだ。

加塩　似た者同士だったって言いたいわけか。それなら、なぜ一緒に山を下りなかった。

滝水　そんなことをしたら、厚かましいと思われるんじゃないかと……。でも、どうしてももう一度会いたくて、それでリュックカバーを貸したんだ。あのリュックカバーには、俺の名前と住所が書いてあるから。

加塩　後で返しに来てくれるんじゃないかと思ったわけか。

滝水　ふと見ると、彼女が座ってた場所に、何かが落ちていた。それは手帳だった。裏表紙をめくると、名前が書いてあった。藤枝沙穂流と。

加塩　沙穂流？
滝水　さんずいに少ないの沙、稲穂の穂、流浪の流で、沙穂流。一週間後、俺の自宅兼仕事場に、肥之国広告社の長者原が来た。

そこへ、長者原元と天草志路美がやってくる。

長者原　お邪魔します。
滝水　あれ？　今日は連れがいるのか？
長者原　ええ、今年入社した新人なんです。今は僕の下について、研修中でして。（天草に）ほら、ご挨拶。
天草　（滝水に）天草志路美です。よろしくお願いします。（と頭を下げる）
滝水　滝水浩一です。（と頭を下げる）
長者原　（天草に）な？　無愛想だろう？　でも、別に怒ったわけじゃないんだ。この人は、単に社交性がないだけで、初対面の人間にはほとんど口をきかない。僕だって、最初のうちは、なかなか相手にしてもらえなかった。
滝水　呆れてたんだよ。つまらない駄洒落ばっかり言うから。
長者原　僕は少しでも親しみを持ってもらおうと思って。
天草　（手帳にメモしながら）駄洒落は逆効果。
長者原　そうそう。気づいたことは、すかさずメモ。それが、仕事を早く覚える秘訣だ。（滝水に）

滝水　今日は、デザイナーとの交渉の仕方を実地で指導しようと思いまして。それで連れてきたんです。早速ですが、先月お願いした、球磨川リゾートホテルの広告は？

長者原　一応、三パターン作ってみた。どの方向性がいいか、選んでくれ。（とテーブルの上に紙を三枚並べる）

天草　さすがですね。（天草に）この人は、締切を破ったことが一度もない。無愛想だけど、仕事はできるんだ。

長者原　（紙を見て）うわー、三枚とも素敵！　どれにしようか、迷いますね。

滝水　そうかな。（滝水に）言っちゃ悪いけど、どのパターンも、前に見たことがあります。天草は喜んでも、クライアントは喜ばないんじゃないかな。

天草　わかった。今から作り直す。（と紙を片づけながら）明日、また来てくれ。

長者原　（長者原に）怒ったわけじゃないですよね？

天草　いや、今度は本当に怒った。でも、たとえ相手の機嫌を損ねようと、言いたいことは言う。それが交渉だ。

長者原　（手帳にメモしながら）怒っても無視。

天草　ただし、そのまま放っておいたら、今後の仕事に支障を来す。言いたいことを言った後は、フォローが大切だ。滝水さん、今年のイラストコンクールは、何を描くか、もう決まったんですか？

滝水　いや。

長者原　でも、締切は八月の末ですよね？　そろそろ準備を始めないと。

滝水　今年は、応募はやめようと思ってる。
長者原　なぜですか？　滝水さんなら、入賞は間違いないのに。
滝水　三年連続で佳作止まり。いい加減、いやになった。
長者原　諦めるのはまだ早いですよ。いい題材を選べば、大賞だって夢じゃない。
滝水　無理無理。審査員が変わらない限り、大賞なんか不可能だ。
長者原　審査員のせいにするのはよくないと思うな。
滝水　（長者原を睨む）
長者原　（天草に）今のは悪い例だ。さあ、君ならどうする？
天草　滝水さん、彼女はいるんですか？
長者原　バカ！　よりによって、なぜその話を。
天草　ダメでしたか？
長者原　僕が滝水さんと知り合ってから四年になるけど、彼女の話なんか聞いたことない。
天草　信じられない。こんなにカッコいいのに。
長者原　そんな見え透いたお世辞、よく言えるな。
天草　お世辞なんかじゃないですよ。（滝水に）わかった。仕事一筋で、彼女なんか面倒臭いと思ってるんでしょう？
滝水　そんなことはないけど。
天草　だったら、どんどんアタックしなくちゃ。女はね、男の人が勇気を出して、自分にぶつかってきてくれるのを待ってるんですよ。

滝水　一つ聞いてもいいかな?
天草　どうぞどうぞ。
滝水　たとえば、俺がある女性にリュックカバーを貸したとする。そのリュックカバーには、俺の名前と住所が書いてある。それなのに、彼女から連絡が来ない。どうしたらいいと思う?
天草　そんなの、自分から連絡した方がいいに決まってるじゃないですか。
滝水　そうかな?
天草　その人は、滝水さんと同じように迷ってるんですよ。自分から連絡したら、厚かましいと思われるんじゃないかって。だったら、滝水さんの方から最初の一歩を踏み出してあげるべきです。滝水さん、「果報は寝て待て」なんて嘘ですよ。「果報はダッシュでゲットしろ」です。
滝水　わかった。やってみよう。
天草　球磨川リゾートホテルの広告、よろしくお願いします。
滝水　任しとけ。
天草　(長者原に)こんな感じでどうでしょう?
長者原　百点。

長者原と天草が去る。

4

加塩　（滝水に）で、彼女に連絡することにしたわけか。でも、電話番号はどうやって調べた。
滝水　手帳に書いてあったんだ。
加塩　人の手帳を覗き見したのか？
滝水　最後のページだけだよ。名前の下に、住所と電話番号が書いてあったんだ。で、すぐに電話してみたんだけど、出たのは彼女じゃなかった。藤枝じゃなくて、恩田って人だった。
加塩　それはつまり、彼女が自宅の番号を間違えて書いたってことか？　全く間抜けな女だな。
滝水　こうなったら、直接、会いに行くしかない。俺は次の日の夕方、彼女の家に向かった。
加塩　家は熊本市内だったよな？
滝水　国府三丁目。コンクリートの塀に囲まれた、古い洋館。見るからに、お金持ちの家って感じだった。門の脇の表札には、藤枝沙知夫。
加塩　彼女のお父さんだろう。要するに、彼女は資産家の令嬢だったってわけだ。
滝水　塀の向こうからは、ピアノの音が聞こえた。
加塩　彼女が弾いてるんだろう。資産家の令嬢はピアノが趣味と決まってる。
滝水　俺は何だか怖くなった。彼女が、自分とは違う世界に住んでいるような気がして。でも、

加塩　その時、天草の言葉が耳元に蘇ってきた。

滝水　「果報はダッシュでゲットしろ」
俺は勇気を振り絞って、チャイムを押した。ピアノの音が途切れた。彼女が出てくる。と思ったら、いきなり後ろから声が。

そこへ、藤枝沙知夫がやってくる。

沙知夫　どちら様ですか？

滝水　え？

沙知夫　今、チャイムを押しましたよね？　うちに何かご用ですか？

滝水　それじゃ、あなたはこちらにお住まいの……。

沙知夫　ええ、藤枝です。

滝水　もしかして、沙穂流さんのお兄さんですか？

沙知夫　さほる？

滝水　そうです。僕は沙穂流さんの知り合いなんです。と言っても、会ったのは一度だけですが。今日は沙穂流さんにお渡ししたいものがありまして、それで、いきなり訪ねてきたんです。

沙知夫　ちょっと待ってください。あなたが会いに来たのは、さほるですか？　詩波流じゃなくて。

滝水　しはる？　違いますよ、沙穂流さんです。藤枝沙穂流。

そこへ、藤枝詩波流がやってくる。出産間近の妊婦である。

詩波流　（沙知夫に）あら、あなただったの？　また鍵を持っていかなかったのね？

沙知夫　違う違う。チャイムを押したのは、この人なんだ。うちに、藤枝さほるって人はいないかって言うんだけど。

詩波流　さほる？　詩波流じゃなくて？

沙知夫　（滝水に）彼女は僕の家内でしてね。名前は詩波流っていうんです。

滝水　沙穂流さんのお姉さんですね？

沙知夫　違う違う。うちには、さほるなんて名前の人間はいません。

滝水　まさか。

沙知夫　うちは、僕と家内の二人暮らしです。家内は一人っ子だし、僕には弟しかいない。その弟だって、今は東京に住んでます。名前はさほるじゃなくて、大治郎。

滝水　本当ですか？

沙知夫　本当です。信じられないなら、今から大治郎に電話してみましょうか？

滝水　でも、ここには確かに。（と手帳を開く）

詩波流　（手帳を覗き込んで）国府三丁目……。確かに、うちの住所ね。

滝水　もしかすると、数字が間違ってるのかもしれません。電話番号も間違ってたから。

詩波流　（沙知夫に）この近くに、藤枝って名字の家、ある？

沙知夫　さあ。たぶん、うちだけだと思うけど。

詩波流　そうだ。電話帳で調べてみましょう。国府は本町から四丁目まである。藤枝って家がもう一軒あっても、おかしくない。

滝水　いや、それは自分で調べます。突然お邪魔して、すみませんでした。

詩波流　藤枝さほるさんですよね？　あなたが探してる人。

滝水　ええ。

詩波流　私の名前にちょっと似てる。詩波流とさほる。何だか、他人とは思えない。

沙知夫　そうだな。（滝水に）その人はどんな方なんですか？　まさか、顔まで似てるってことは。

滝水　実を言うと、ちょっと似てるんです。あと、あなたにも。

沙知夫　僕に？　それはあんまりいいことじゃないな。

詩波流　（滝水に）さほるさんに会えたら、伝えてください。詩波流が会いたがっていたと。

滝水　わかりました。

沙知夫と詩波流が去る。

加塩　で、彼女の家はどこにあったんだ。

滝水　どこにもなかった。電話帳を何度見ても、国府に住んでる藤枝さんは、今の一軒だけ。

加塩　てことは、国府ってところから間違ってたのか？

滝水　俺は途方に暮れた。住所も電話番号も間違ってたら、彼女に辿り着けるはずがない。でも、俺はどうしてももう一度、彼女に会いたかった。で、手帳の中身を見ることにした。

加塩　非常事態だ。大目に見てやる。

滝水　（手帳をめくって）そこに書いてあったのは、いわゆる山行記録だった。何月何日にどこの山に登ったっていう。一番新しい記録は、「白鳥山。去年と同じ日に登って、大正解。満開のヤマシャクに出会えた。十三日の金曜日でも、いいことはあるのだ」

加塩　あの日だな。

滝水　そのページの一番上に、五桁の数字が書いてあった。33513。

加塩　歩数じゃないか？　山に登ってから下りるまで、33513歩、歩いたってことさ。

滝水　本当にそう思うか？

加塩　思わない。日付に決まってるだろう。513は、五月十三日。記録にも、十三日の金曜日って書いてあるじゃないか。

滝水　それがずっと気になってたんだ。俺が彼女に会ったのは、日曜日。四月十六日の日曜だったんだ。

加塩　間抜けにもほどがある。まさか、日付まで間違えるなんて。

滝水　33513の513が五月十三日だとして、その前の33は何だと思う。

加塩　普通だったら年号だろうけど、今年は二〇〇六年、平成十八年。33とは無関係だな。

滝水　俺は試しに、パソコンでカレンダーを調べてみた。五月十三日が金曜になる年を。答えは、今から二十七年後の、二〇三三年。

加塩　二〇三三年？　それじゃ、彼女は……。

滝水　そうだ。彼女は二〇三三年の人間なんだ。藤枝沙知夫さんと詩波流さんの娘なんだ。

加塩　嘘だ！

滝水　SF作家のくせに、頭ごなしに否定するな。

加塩　でも、俺には信じられない。二十七年も先の時代の人間が、どうして。

滝水　次の日曜日、俺はまた白鳥山に登った。彼女との出会いが夢だったかどうか、確かめるために。ヤマシャクの群落の先、彼女と駆け込んだ洞窟。岩の陰に、金属製の箱が置いてあった。蓋を開けると、中にリュックカバーが。俺が貸したリュックカバーだった。

加塩　彼女が置いてったんだな？

滝水　リュックカバーの下に、手紙があった。この手紙だ。（と手紙を開いて）「滝水浩一様」

遠くに、沙穂流がやってくる。

沙穂流　先日はリュックカバーをありがとうございました。実は、リュックカバーをお返しするために、滝水様のマンションへ行ったのですが、三〇一号室には別の方が住んでおられました。そこで、このような形でお返しすることにしました。無事にあなたに届くといいのですが。コーヒー、とてもおいしかったです。震災で亡くなった両親と一緒に飲んだことを思い出しました。コーヒーなんて、二度と飲めないと思っていたので、本当にうれしかったです。失礼を承知で書きます。できれば、もう一度、滝水様にお会いしたい。「気をつけて」と言ってくださった時の笑顔、今でも忘れられずにいます。もしよかったら、連絡をください。心からお待ちしています。

沙穂流　（手紙を開いて）「藤枝沙穂流様」

滝水　リュックカバー、確かに受け取りました。あなたと別れた後、洞窟で手帳を拾いました。後ろに書いてあった住所を訪ねたところ、あなたはいませんでした。その家には、藤枝沙知夫さんと詩波流さんが住んでおられました。沙穂流さん、僕が生きている世界は、二〇〇六年です。沙知夫さんと詩波流さんは、あなたのお父さんとお母さんではないですか？　あなたが生きているのは、二〇三三年ではないですか？　僕もあなたにもう一度、会いたい。コーヒーを飲んだ時のあなたの笑顔、僕も忘れられません。僕はこれからも暇を見つけて、白鳥山に通うつもりです。

そこへ、今村芽里がやってくる。滝水と加塩は去る。

芽里　サーホ！

沙穂流　ごめんね、芽里。会社まで押しかけてきて。

芽里　バカ、私が来いって言ったんじゃないか。でも、ピアノ教室の方は大丈夫だったの？

5

沙穂流　今日は火曜でしょう？　火曜と金曜はレッスンを入れてないから、いつでも出られるの。それに、一刻も早く、結果が知りたかったから。

芽里　そんなに気になるんだ。滝水さんて人のこと。

沙穂流　まあね。で、話はどこでする？　喫茶店にでも行く？

芽里　二階の資料室に行こう。あんたに見せたいものがあるんだ。ついてきな。

沙穂流がソファーに座る。芽里が本棚からファイルを抜き取る。

沙穂流　それが私に見せたいもの？

芽里　そう。でも、その前に、いくつか聞きたいことがある。

沙穂流　滝水さんのことね？

芽里　決まってるだろう？　あんたと初めて会ったのは高校一年の時だから、もう十一年の付き合いになる。それなのに、あんたの口から男の名前が出たのは、これが初めてじゃないか。

沙穂流　私だって、男の人と付き合ったことぐらいあるよ。

芽里　口説かれて、仕方なくだろう？　あんたは本気で男に惚れたことがない。そのあんたがこんなに積極的になるなんて。友達として、心配するのは当然だろう？

沙穂流　心配って、何が？

芽里　たとえば、悪い男に騙されてるんじゃないか、とか。

沙穂流　（笑って）それは大丈夫。滝水さんとはまだ一度しか会ったことがないし、また会えるか

芽里　どうかもわからないの。

沙穂流　付き合ってるわけじゃないの？

芽里　先月、一人で白鳥山に登ったの。前に話したでしょう？　私が大好きな山。頂上に着いたところで、雨が降ってきて、急いで駆け下りようしたら、滝水さんに会った。滝水さんは近くの洞窟に案内してくれて、コーヒーをご馳走してくれたの。

沙穂流　サーホ、嘘はやめな。今どき、コーヒーなんて、どうやったら、手に入るんだ。

芽里　確か、私たちが中学生の時だったよね？　世界中のコーヒーの木が細菌で絶滅したの。私が最後にコーヒーを飲んだのは、高校一年だった。お父さんが「これが最後の一杯だよ」って飲ませてくれたの。とてもおいしかった。滝水さんの淹れてくれたコーヒーは、あの時の味とそっくりだった。

沙穂流　滝水さんて、もしかして、大富豪？

芽里　わからない。見た目は普通の人だったけど。

沙穂流　そんな人にどうして惚れたの。コーヒーをご馳走してくれたから？

芽里　違う。

沙穂流　じゃ、どうして。

芽里　この人なら、わかってくれるんじゃないかと思ったの。私のこと。

沙穂流　あんたのこと？

芽里　滝水さんは白鳥山が好きなんだって。だから、しょっちゅう登るんだって。たった一人で。

沙穂流　私も両親が亡くなってから、ずっと一人で登ってきた。何かイヤなことがあっても、白鳥

芽里　山に登れば、元気になれた。私も白鳥山が大好きなの。ねえ、芽里。自分と同じものが好きな人なら、信じられると思わない？

沙穂流　運命の出会いだったって言いたいわけか。で、滝水さんとはそれっきり？

芽里　うん。でも、どんな人か知りたくて、ネットで「滝水浩二」って名前を検索してみたの。

沙穂流　そうしたら、熊本イラストレーターなら、私が知ってるんじゃないかと思ったわけだ。

芽里　で、イラストコンクールの入賞者の中に。

沙穂流　でも、知らなかったんでしょう？

芽里　会社の同僚や先輩にも聞いてみたけど、一人も知らなかった。で、資料室で探してみたら、こいつが見つかった。（とファイルを出す）

沙穂流　何？

芽里　歴代受賞作のコピー。

沙穂流　じゃ、その中に、滝水さんの作品が入ってるのね？

芽里　（ファイルを開いて）これが最初の受賞作。二〇〇三年度は佳作。タイトルは「野鳥」。

沙穂流　（ファイルを見て）ノビタキ、アカゲラ、ゴジュウカラ。

芽里　鳥の名前なんか、よく知ってるね。

沙穂流　お父さんが教えてくれたの。白鳥山に登るたびに。

芽里　（ファイルをめくって）これが次の年。二〇〇四年度も佳作。タイトルは「キノコ」。

沙穂流　（ファイルを見て）タマゴダケ、ハナイグチ、ブナシメジ。

芽里　キノコまで知ってるの？

沙穂流　あ、そっちはお母さん。
芽里　（ファイルをめくって）これが次の年。二〇〇五年度も佳作。タイトルは「野草」。
沙穂流　（ファイルを見て）ヤマシャク……。
芽里　へえ、これが、あんたの大好きな山芍薬か。確かに、キレイな花だね。
沙穂流　これは、白鳥山のヤマシャクの群落。あの景色そのまま。
芽里　本当にうまいね。大賞を獲らなかったのが、不思議なぐらいだ。でもさ、サーホ。滝水さんて、いくつ？　今から三十年近く前に活躍してたってことは、五十代か六十代ってことだよね？　愛があれば年の差なんてって言うけどさ、さすがに三十も離れてるといろいろ難しいんじゃない？
沙穂流　だから、騙されてるんじゃないかって思ったの？
芽里　まあね。
沙穂流　大丈夫。滝水さんはそんな人じゃないから。それで、次の年は？
芽里　（ファイルをめくって）これだよ。
沙穂流　（ファイルを見て）これは……。
芽里　私も最初に見た時は、驚いたよ。どこからどう見ても、あんたにそっくりじゃないか。どうして二十七年も前に描かれたイラストの中に、あんたがいるんだ。
沙穂流　これ、滝水さんと会った時に着てた服……。
芽里　二〇〇六年度は、ついに大賞を受賞。タイトルは「沙穂流」。
沙穂流　沙穂流？

芽里　（ファイルを指差して）ほら、ここを見て。あんたと同じ字だよ。

沙穂流　……滝水さん。（と泣き出す）

芽里が去る。

6

滝水と加塩がやってくる。

滝水 （手紙を開いて）「滝水浩一様」

沙穂流 私は今、幸せな気持ちでいっぱいです。お手紙をいただいてから、私なりにあなたのことを調べました。そして、あなたの時代が本当に二〇〇六年であることがわかりました。イラストレーターとして、たくさんの賞を獲っておられたことも。あなたの作品も見せていただきました。ノビタキ、タマゴダケ、山芍薬、そして……。あなたと出会った日を思い出して、涙が止まりませんでした。あなたにもう一度、お会いしたいという気持ちは募るばかりです。私はこれからも白鳥山に通い続けるつもりです。もしお会いできなくても、時を超える便りを楽しみにお待ちしています。

沙穂流が去る。

加塩 （滝水に）この手紙はいつ届いたんだ。

滝水　六月の末。俺が手紙を出してから、二カ月後だ。俺は毎週、白鳥山に登った。登るたびに洞窟に行って、箱の中身を確認した。ところが、何回見てもカラッポ。ひょっとして、もうダメなんじゃないか。そう思い始めたところで、こいつを見つけたんだ。

加塩　二つの時代がシンクロするタイミングには、特に規則性がないようだな。いくつかの条件が揃った時、初めてシンクロするんだろう。それが、今回は二カ月後だったってわけだ。

滝水　(笑う)

加塩　何がおかしい。俺の推理が間違ってるって言うのか?

滝水　そうじゃない。おまえ、俺の話を信じたんだな。最初は嘘だって決めつけたくせに。

加塩　嘘にしては、あまりに手が込んでる。小説を読まないおまえに、こんな複雑な嘘がつけるわけない。

滝水　じゃ、もう一つ、推理してくれ。俺はなぜ彼女と出会えたんだ。二つの時代がシンクロしたのはなぜなんだ。

加塩　まず最初に考えられるのは、霧だ。

滝水　霧?

加塩　彼女と出会った日、登り始めてから一時間ぐらいしたところで、濃い霧が出てきたって言っただろう。おまえは霧を通って、二〇三三年に行ったんだ。

滝水　その霧が二〇三三年と繫がってたのか?

加塩　おそらく、向こうの方でも、霧が出てたんだ。で、手紙を読んだ後、おまえはどうしたんだ。

滝水　次の日、また長者原が来た。

長者原と天草がやってくる。

天草　こんにちは。
長者原　滝水さん、これ、この前いただいた広告の掲載誌です。（と滝水に雑誌を差し出し）おかげさまで、クライアントには大好評でした。
滝水　（受け取って、ページをめくり）それはよかった。やっぱり、おまえが言った通り、作り直して正解だったな。
長者原　（広告を指差して）この向日葵のイラストが気に入ったみたいで。「滝水さんが描いたんです」って言ったら、ビックリしてました。で、このクライアントがですね、「今回の広告をシリーズ化したい、次も滝水さんにやってほしい」って言ってるんですよ。
滝水　喜んでやらせてもらうよ。
長者原　ありがとうございます。早速、クライアントに報告します。
天草　（滝水に）その勢いで、イラストコンクールにも挑戦してみたらどうですか？
長者原　バカ。滝水さんは、今年は応募しないんだよ。
滝水　いや、やっぱりもう一度だけ、挑戦してみようと思ってる。
長者原　そうなんですか？　やっぱり、大賞をほしくなったんですね？
滝水　まあな。でも、なかなかいい題材が思いつかなくて。野鳥、キノコ、野草。白鳥山にある

天草　ものは、もうみんな描いたし。
滝水　いいえ、まだ一つ、描いてないものがあります。
天草　石とか岩は勘弁してくれよ。そんなものを描いても、おもしろくない。
長者原　違います。人間ですよ。
天草　なるほどね。でも、滝水さんが人間を描いたのって、あんまり見たことないな。ひょっと
して、下手だったりして。
長者原　いいえ、とっても上手です。特に、女性が。
天草　なぜ君にわかるんだよ。
滝水　だって、ほら。（とスケッチブックを開いて、長者原に見せる）
長者原　こら、人のスケッチブックを勝手に見るな！
天草　（スケッチブックを取って）なんだ、このキレイな人は。（スケッチブックをめくって）こ
のページも同じ人だ。このページも。
滝水　こら、返せ！（とスケッチブックを奪い取る）
長者原　その人、一体どこの誰です。隠すとためになりませんよ。
天草　わからないかな。この前言ってた、リュックカバーの人ですよ。（滝水に）そうでしょ
う？
滝水　ああ、正解だ。
長者原　お名前は？
滝水　沙穂流。でも、誤解するなよ。俺は、彼女とはまだ一回しか会ってない。また会えるかど

長者原　うかもわからない。なんだ。天草に「果報はダッシュでゲットしろ」って言われたくせに、結局、怖じ気づいたんですね？　情けない。
滝水　（長者原を睨む）
天草　あー、また怒らせた。
長者原　天草、何とかしろ。
天草　滝水さん、イラストコンクールの題材は沙穂流さんにしたらどうですか？
滝水　彼女に？
天草　山道を歩く、沙穂流さん。おでこの汗を拭く、沙穂流さん。空を見上げる、沙穂流さん。きっと素敵だと思いますよ。
滝水　わかった。やってみよう。
天草　（長者原に）こんな感じでどうでしょう？
長者原　百点。

長者原と天草が去る。

滝水　藤枝沙穂流様、僕はイラストレーターではありません。広告デザイナーです。子供の頃から、絵を描くのが好きで、将来は画家になりたいと思っていたのですが、大学で自分の限界に気づき、この仕事を選びました。でも、どうしても絵を諦めることはできなかった。

それで、三年ほど前から、イラストコンクールに応募するようになったのです。ところが、三年連続で佳作止まり。近頃は、滅多に絵を描かなくなっていました。でも、今は違います。あなたと出会ってから、また無性に描きたくなった。今年のコンクールには、人物画で挑戦してみようと思っています。その人物とは、沙穂流さん、あなたです。白鳥山を歩く、あなたの姿を描きたい。僕は今日も白鳥山に来ています。すべての風景の中にあなたがいます。渓流沿いの岩の上にも、苔むしたドリーネの縁にも。沙穂流さんが、まるで妖精のように。

7

加塩　何枚描いた？　彼女の絵。
滝水　さあ。百枚ぐらいじゃないかな。
加塩　デビューしてすぐに、先輩の作家に言われたよ。「とにかく、毎日書きなさい。一枚でも、一行でいいから」って。なぜだか、わかるか？
滝水　いや。
加塩　文章を書く力っていうのはな、書けば書くほど進歩するんだ。一日書けば、一日分だけ。でも、一日休むと、三日分後退する。元の状態に戻すのに、三日かかるんだ。嘘だと思うだろう？　でも、これは作家だけの話じゃない。ピアニストは休みの日でもピアノを弾く。
滝水　そう言えば、森光子さんは毎日、腹筋運動をしてるそうだ。
加塩　それはちょっと話が違うが……。とにかく、おまえの絵を描く力は、急速に進歩したはずだ。違うか？
滝水　いや、その通りだ。俺は子供の頃から、画家になりたかった。でも、こんなにたくさん描いたのは、小学校以来だ。
加塩　彼女に感謝すべきだな。彼女はおまえの人生を変えた。

滝水　俺は毎週日曜に、白鳥山に登った。仕事がない日は、平日にも。そんなある日、家に帰ってくると。

滝水がリュックサックを背負う。そこへ、沙知夫と詩波流がやってくる。詩波流はベビーカーを押している。

沙知夫　あれ？　あなたは。
滝水　お久しぶりです。先日は失礼しました。
沙知夫　なぜあなたがここに？　僕らにまた何か用ですか？
滝水　違いますよ。僕はそこのマンションに住んでるんです。藤枝さんは？
詩波流　私たちはそこの病院に用があって。今日はこの子の三カ月健診だったんです。
滝水　娘さん、お生まれになったんですね？（とベビーカーを覗き込む）
詩波流　あなたが家に来た、次の日に。予定日より一週間も早く生まれちゃって、大変だったんですよ。
沙知夫　（滝水に）ちょっと待ってください。あなたは今、「娘さん」て言いましたよね？　なぜこの子が女の子だとわかったんですか？
滝水　それぐらい、顔を見れば、わかりますよ。
沙知夫　でも、あなたは、この子の顔を見る前に。
滝水　僕は視力がいいんです。あなたに挨拶した時に、チラッと見たんですよ。

詩波流　今日はどちらか、お出かけだったんですか？
滝水　ええ、今日は急ぎの仕事がなかったんで、白鳥山に。
沙知夫　え？　あなたも白鳥山に登るんですか？　実は、僕もあの山は大好きでしてね。毎年五月は必ず登ることにしてるんです。
滝水　ヤマシャクですね？
沙知夫　そうですそうです。今年はこの子が生まれたんで、行けませんでしたが。
詩波流　ねえ、あのこと、お話ししておいた方がいいんじゃない？
沙知夫　あのことって？
詩波流　いやだ、この子の名前よ。（滝水は）実はね、あなたにお会いできたら、お礼を言いたいと思ってたんですよ。だって、あなたはこの子の名付け親みたいなものだから。
滝水　名付け親？
詩波流　この前、お会いした時、さほるって人を探してるって仰ってましたよね？私、その名前がとっても気に入っちゃって。だって、音の響きがいいし、この人の名前と私の名前が一文字ずつ入ってるし。で、この子の名前にしたんです。沙知夫の沙、稲穂の穂、詩波流の流で、沙穂流。
滝水　沙穂流。
沙知夫　僕は、同級生に「サボル」って呼ばれて苛められるんじゃないかって反対したんですが。
滝水　僕はとてもキレイな名前だと思います。沙穂流ちゃんは、将来、きっと美人になりますよ。
沙知夫　外見なんか、どうでもいい。とにかく、元気に育ってくれれば。

詩波流　大丈夫よ。私もあなたも、体だけは丈夫じゃない。
沙知夫　（滝水に）僕は今まで、自分の健康なんて、気にしたことはなかったんですがね。この子が生まれて、すっかり態度を改めました。だって、今、死ぬわけには行きませんから。せめて、この子が成人式を迎えるまでは、頑張らないと。
詩波流　あら、結婚式には出なくていいの？
沙知夫　そりゃ、できれば、出たいけど。（滝水に）そう言えば、あなたが探していたさほるさんは、見つかったんですか？
滝水　ええ、何とか連絡が取れました。
沙知夫　それはよかった。結局、どちらにお住まいだったんですか？
滝水　国府です。でも、今は遠い所に行ってて、それで見つからなかったんです。
沙知夫　なるほど。引っ越しちゃってたわけか。
詩波流　（滝水に）この前、言ったこと、ちゃんと伝えてくれました？　私が会いたがってるって。
滝水　ええ。でも、彼女がいる所はとても遠いんで。
詩波流　じゃ、うちの沙穂流を紹介するわけには行かないのね。とっても残念。
沙知夫　（滝水に）それじゃ、また。

沙知夫と詩波流が去る。

加塩　優しそうなお母さんだな。お父さんも、頭はちょっと固いけど、根はいい人そうだ。

滝水　お父さんが言ってただろう？「せめて、この子が成人式を迎えるまでは」って。その言葉で思い出した。彼女と初めて会った時、お父さんの話をしてたことを。

加塩　そうか。確か、彼女はこう言ってたな。お父さんは、高校三年の時に亡くなったって。それから、一通目の手紙にも。

滝水　（手紙を開いて）「コーヒー、とてもおしかったです。震災で亡くなった両親と一緒に飲んだことを思い出しました」。

加塩　震災？　この熊本で、震災が起こるのか？

滝水　今から十八年後。二〇二四年だ。

滝水がリュックサックを床に置く。

滝水　藤枝沙穂流様、今日、自宅の近くで、あなたのご両親にお会いしました。お母さんが押していたベビーカーの中には、あなたがいました。生後三カ月のあなたが。ところで、あなたは一通目の手紙にこう書きましたね？　ご両親は震災で亡くなったと。震災のこと、詳しく教えてくれませんか。発生の日時、被害の規模、そして、あなたのご両親が亡くなった時の状況を。うまく行けば、ご両親の命を救うことができるかもしれない。僕たちの手で、歴史を変えるんです。

8

遠くに、沙穂流がやってくる。

沙穂流

滝水浩一様、熊本大震災が起きたのは、二〇二四年の十月十五日午後六時二十九分。震源地は熊本市内の立田山断層でした。マグニチュード七、八の直下型地震で、最大震度は七。熊本市を中心に大規模な火災が発生し、三千人もの方が亡くなりました。私は自宅にいて無事でしたが、両親はデパートへ買い物に出かけていて、そこで火災に遭い、焼死しました。その時、私は高校三年でした。それから、私は一人で生きてきました。両親が残してくれたお金で、高校と大学を卒業。今は子供たちにピアノを教えることで、生計を立てています。今の私は幸せです。でも、もし両親が生きていてくれたら。そう考えただけで、涙が溢れてきます。両親のこと、何とぞよろしくお願いします。もし歴史が変えられなかったとしても、けっしてお恨みしません。

沙穂流が去る。

加塩　無理だ。歴史は変えられない。

滝水　でも、『バック・トゥー・ザ・フューチャー』は？　マイケル・J・フォックスは過去に行って、自分の父親の歴史を変えたじゃないか。

加塩　バカ、映画と現実を一緒にするな。歴史は絶対に変えられない。もし変えられたら、タイムパラドックスが起きてしまう。

滝水　でも、彼女の両親はまだ死んでない。今から十八年後の二〇二四年に死ぬんだ。それを防いだって、何の問題もないだろう。

加塩　おまえにとっては未来でも、彼女にとっては過去だ。彼女の両親は九年前に死んでるんだ。もしおまえが彼女の両親を助けたとしよう。すると、九年後の二〇三三年も彼女の両親は生きてる。すると、彼女はおまえに自分の両親は震災で亡くなったとは言わない。すると、二〇〇六年のおまえは彼女の両親を助けようとは思わない。ほら、パラドックスだ。

滝水　難しい理屈はいい。とにかく、俺は彼女の両親を助けたかった。だから、次の日、彼女の家に行った。

そこへ、詩波流がやってくる。

詩波流　さあさあ、こちらにおかけください。

滝水　すみません。またいきなり押しかけてきて。（とソファーに座る）

詩波流　気にしないでください。私も主人も、暇ですから。（とソファーに座る）

滝水　失礼ですが、ご主人はどんなお仕事を？

詩波流　大学講師です。水前寺大学で、数学を教えてます。滝水さんは数学はお好きですか？

滝水　中学までは好きだったんですが、微分積分で挫折しました。

詩波流　私は因数分解です。あれって、どうして分解しなくちゃいけないんでしょうね。

　そこへ、沙知夫がやってくる。コーヒーカップを三つ持っている。

沙知夫　お待たせしました。（とテーブルにカップを置く）

滝水　あ、お気遣いなく。

沙知夫　まあまあ、そう言わずに飲んでください。僕の自慢の一品なんです。（とソファーに座る）

詩波流　（滝水に）この人が自分でブレンドしたんですよ。熊本市内で一番うまいって言い張るんですけど。

滝水　（飲んで）うまい。僕も自分でブレンドするんですけど、この味にはかないません。

沙知夫　（詩波流に）ほら、見ろ。

詩波流　バカね、お世辞に決まってるじゃない。（滝水に）それで、今日はどういうご用件で？

滝水　実は、あなた方お二人にお願いがあって来ました。信じていただけるかどうか、わかりませんが、今から十八年後の二〇二四年十月十五日、熊本で大地震が発生します。

沙知夫　冗談ですよね？

滝水　いいえ、僕は本気です。

沙知夫　だったら、お聞きしますが、十八年も先のことがなぜあなたにわかるんですか？

滝水　それは言えません。

沙知夫　あなたには未来が見えるんですか？　超能力があるんですか？

詩波流　あなた、やめて。

滝水　いや、沙知夫さんがそう仰るお気持ちはよくわかります。でも、嘘じゃないんです。その大地震で、三千人の方が亡くなります。その中には、あなた方お二人も入ってるんです。

詩波流　私たちが死ぬって仰るんですか？

滝水　ええ。

詩波流　いくら冗談でも、言っていいことと悪いことがあります。申し訳ありませんけど、これでお引き取りください。

滝水　わかりました。帰ります。でも、その前にもう一つだけ言わせてください。最初にお願いがあるって言いましたよね？　二〇二四年十月十五日。この日は熊本から離れてほしいんです。福岡でも長崎でも構わない。とにかく、県外に出かけてほしいんです。

詩波流　そうすれば、死なずに済むって仰るんですか？

滝水　ええ。

詩波流　いい加減にしてください。そんな話が信じられると思いますか？

滝水　信じられないなら、それでもいい。とにかく、その日一日だけ熊本を出ると約束してください。お願いします。（と頭を下げる）

沙知夫　お願いというのはそれだけですか？

滝水　ええ。

沙知夫　驚いたな。「御祓いをさせろ」とか、「壺を買え」とか言い出すのかと思ったら、「熊本を出ろ」だなんて。あなたはただ、僕らの命を救いたいだけらしい。

詩波流　あなた、この人の話を信じるの？

沙知夫　わからない。でも、少なくとも、この人に悪意がないことはわかる。（滝水に）初めて会った時から、不思議だったんですよ。あなたは沙穂流が生まれる前の日に、ここに来た。さほるという人に会うために。この前だって、沙穂流の顔を見る前に、娘さんと言った。あなたは最初から知ってたんじゃないですか？　詩波流が沙穂流を産むことを。あなたが探していたさほるさんていうのは、僕らの娘の沙穂流じゃないんですか？

滝水　ええ、その通りです。

詩波流　まさか。

沙知夫　（滝水に）僕はこれでも、科学者のハシクレだ。予知とか予言なんてものは信じない。でも、あなたという人は信じてもいい気がする。（詩波流に）君はどうだい？

詩波流　信じられるわけないじゃない。私たちが死ぬなんて。

沙知夫　（滝水に）一つだけ教えてください。十八年後の地震で、沙穂流も死ぬんですか？

滝水　いいえ。でも、ご両親を亡くして、独りぼっちになる。沙穂流さんはあなた方に亡くなってほしくない。助かってほしいと願ってるんです。

沙知夫　わかりました。約束しましょう。

詩波流　あなた。

沙知夫　百パーセント信じたわけじゃないよ。でも、たった一日、熊本を出るだけじゃないか。みんなで旅行にでも行けばいいんだ。

詩波流　でも。

沙知夫　沙穂流だよ。未来の沙穂流がこの人を遣わしてくれたんだ。僕らのために。

滝水が立ち上がる。沙知夫と詩波流は去る。

滝水　こうしてあなたのお父さんは、震災の日に熊本を出ると約束してくれました。沙穂流さん、あなたのご両親はお元気ですか？　二十七年後の時代も生きておられますか？

9

沙穂流

沙穂流がやってくる。

私の両親を説得するのは、さぞかし難しかったことと思います。本当にありがとうございました。しかし、今日現在、私の両親が震災で亡くなったという事実に変わりはありません。なぜあなたとの約束を守らなかったのか、私にはわかりません。たぶん、人間の手で歴史を変えるのは不可能なのでしょう。私には一つ、不安がありました。もし両親が助かったら、その後の私の人生は変わります。もしかしたら、あなたと出会った日に、白鳥山には登らなくなるかもしれない。そうしたら、あなたと出会わないことになり、今の私の頭の中から、あなたの記憶が消えてしまう……。両親が救えなかったのは本当に残念ですが、あなたを失わずに済んで、少しだけホッとしています。あなたとの手紙のやりとり、これからもずっと続けられたらと思います。そして、いつの日か、再びお会いする日が来ることを祈ります。

沙穂流が携帯電話を出す。別の場所に、芽里がやってくる。携帯電話を持っている。滝水と加塩は去る。

沙穂流　もしもし、芽里？

芽里　サーホ、今、暇？

沙穂流　暇じゃない。これから、お風呂に入って、寝るところ。

芽里　今、何時だと思ってるの？　二十七の独身女が八時に寝るな。

沙穂流　明日は金曜日でしょう？　また白鳥山に行こうと思って。だから、五時に起きなくちゃいけないの。

芽里　山登りは来週に回して、今すぐ、こっちに来い。私がいるのは、熊本城ホテルのティールーム。ある人とお茶を飲んでるんだ。

沙穂流　芽里、無理を言わないで。私には私の予定があるんだから。

芽里　そんなことを言っちゃっていいのか？　その人は滝水浩一って人と知り合いなんだよ。

沙穂流　すぐに行く。

沙穂流と芽里が携帯電話を切る。沙穂流が芽里に駆け寄る。

沙穂流　芽里！

芽里　早かったね。席はこっち。

芽里と沙穂流がテーブルに歩み寄る。長者原と天草が椅子に座っている。

芽里　（長者原・天草に）紹介します。この子が私の友人の、藤枝沙穂流です。サーホ、こちらは肥之國広告社の副社長の長者原元さん。お隣は奥様の志路美さん。

沙穂流　（長者原・天草に）初めまして、藤枝です。（と頭を下げる）

長者原・天草　（沙穂流の顔を茫然と見ている）

芽里　どうかしましたか？

天草　いいえ、別に。（長者原の腕を引っ張り）あなた。

長者原　あ、すみません。つい、ボーっとしちゃって。まあ、おかけください。

沙穂流　失礼します。（と椅子に座る）

芽里　（椅子に座って）今日は、このホテルで肥之國広告社の創立記念パーティーがあってね。その席で、いろんな人に聞いて回ったんだ。滝水浩一って人を知りませんかって。そうしたら、こちらの奥様がご存知だって。

天草　（沙穂流に）私は子供ができるまで、肥之國広告社に勤めてたんですよ。この人の四年後輩だったんです。

長者原　（沙穂流に）入社と同時に、僕の課に配属されましてね。その頃の家内は、モーむすにでも入れそうなぐらいかわいくて。あ、モーむすなんて言っても、わからないか。とにかく、僕は一目惚れしてしまったんです。

沙穂流　（天草に）それで、滝水さんとはいつ？

天草　入社してすぐです。この人に、滝水さんの仕事場へ連れていかれたんです。

長者原　(沙穂流に)つまり、滝水さんと知り合ったのは、僕が先ということになりますね。広告デザイナーとして、すばらしい才能の持ち主でした。芸術家肌っていうか、どんなに小さな仕事でも、自分が納得するまでやらないと気が済まない。デザインだけじゃなくて、絵も達者でね。休みの日は、一人で山に登って、スケッチをしていましたよ。

沙穂流　白鳥山ですね?

長者原　そうそう。本当は絵描きになりたかったんだろうな。僕は、そっちの道に進んでも、十分にやっていけると思ってましたよ。

天草　(沙穂流に)最初にあなたのお顔を見た時、とってもビックリしたんですよ。どうしてか、わかります?

沙穂流　コンクールで大賞を獲った作品ですか?

天草　そうです。あなたはあの絵に描かれた人にあまりにそっくりで。おまけに、名前まで、沙穂流って。

長者原　(沙穂流に)まさか、あなたがあの絵のモデルってことはないですよね?

天草　バカね。そんなことがあるわけないでしょう?

長者原　わかってる。(沙穂流に)滝水さんは、その人に一度しか会ってないって言ってました。それなのに、その人の絵を何枚も何枚も描いていた。よっぽど惚れてたんだろうな。

天草　(沙穂流に)二十七年前の沙穂流さんは本当に幸せ者ですよね。

沙穂流　それで、滝水さんは今、どうしていらっしゃるんですか?

芽里　サーホ、落ち着いて聞いて。

沙穂流　大丈夫。滝水さんは二十七年前、三十代だった。ということは、今は五十代か六十代。結婚して、子供もいると思う。私はそれで構わない。幸せに暮らしているなら、それで。

芽里　今日のパーティーで、たくさんの人に聞いて回ったんだけどね。こちらのお二人以外は、誰も知らなかった。だから、おかしいとは思ったんだ。

沙穂流　転職したってこと？　それとも、東京かどこかへ行ったたってこと？

芽里　そうじゃないんだ。滝水さんは……。

長者原　沙穂流さん、滝水さんは亡くなったんです。

沙穂流　え？

長者原　コンクールで大賞を獲った年。今から二十七年前に。

沙穂流　二〇〇六年ですか？

長者原　その年の暮れです。滝水さんは山で遭難した。あの人が大好きだった、白鳥山で。

沙穂流が立ち上がる。芽里・長者原・天草は去る。

沙穂流　滝水浩一様、今日はどうしてもお伝えしなければならないことがあります。私は先日、肥之国広告社の長者原元という方にお会いしました。その方から、二十七年前に、あなたが白鳥山で遭難したと聞きました。すぐに新聞記事を調べたところ、あなたは二〇〇六年十二月三十日に白鳥山に登り、行方不明になりました。その日、白鳥山は豪雪だったようで

す。お願いです。その日だけは、白鳥山に登らないでください。私はあなたに亡くなって
ほしくない。何が何でも、歴史を変えたいのです。もし歴史が変われば、私はまたあなた
に会える。五十代か六十代になった、あなたに。その年になるまで、あなたはたくさんの
すばらしい絵をお描きになると思います。そして、たくさんの方に感動を与えると思いま
す。どうか、生きてください。生きて、絵を描いてください。奇跡はきっと起こる。現に、
あなたと私は出会えたのだから。あなたに手紙を出すのはこれを最後にします。だから、
白鳥山には二度と登らないで。

10

滝水と加塩がやってくる。

滝水 藤枝沙穂流様。了解しました。

沙穂流が去る。

加塩 それだけか。

滝水 他に何を書けばいい？ 俺は、俺が死ぬ日を教えられたんだ。しばらくは、ショックで仕事も手につかなかった。

加塩 その手紙を読んだのは？

滝水 八月だ。

加塩 それから今日まで、どうやって過ごしてきた。

滝水 もちろん、仕事を再開したよ。働かなくちゃ、食っていけないからな。それから、沙穂流さんの絵も描いた。コンクールの締切が八月三十一日だったんで。

加塩　で、コンクールの結果は？

滝水　おかげさまで、とうとう大賞が獲れた。やっぱり、モデルがよかったんだろう。

加塩　それだけじゃない。おまえは今までのどの絵よりも必死で描いた。それが作品の完成度につながったんだ。

滝水　それが何になる。俺は彼女を失った。そして、もうすぐ、自分の命も失う。

加塩　バカ。そんなに簡単に決めつけるな。

滝水　加塩、おまえはさっき言ったよな？「歴史は絶対に変えられない」って。

加塩　どんなものにも、例外はある。何か打つ手があるはずだ。

滝水　でも、俺は沙穂流さんのご両親を救えなかった。

加塩　ご両親にとって、震災は十八年も先の話だった。その間に忘れたのかもしれないし、正確な日時がわからなくなったのかもしれない。とにかく、条件が悪すぎた。でも、おまえは違う。日時はわかってるし、わざわざ熊本から出る必要もない。白鳥山に登りさえしなければいいんだ。

滝水　そのかわり、道で車に撥ねられるかもしれない。

加塩　外に出ないで、自宅でジッとしてろ。

滝水　近所が火事になって、焼け死ぬかもしれない。

加塩　だったら、ここにいろ。俺の家は一軒家だ。隣の家とも離れてる。隣が火事になっても、燃え移る心配はない。

滝水　でも、ここから火が出たら。トラックが突っ込んできたら。飛行機が落ちてきたら。

加塩　いい加減にしろよ。ここに飛行機が落ちてくる確率が、万に一つもあるか？

滝水　でも、ゼロとは言えない。「歴史は絶対に変えられない」って言ったのは、おまえなんだぞ。

加塩　それはそうだが。

滝水　（腕時計を見る）

加塩　どうした？

滝水　三、二、一。午前零時。日付が変わった。十二月三十日だ。

加塩　滝水……。

滝水　加塩、俺が最初に頼んだこと、覚えてるか。俺の話が終わったら、意見を聞かせてくれって。

加塩　覚えてるよ。やっぱり、今日は一日、ここにいろ。俺が二十四時間、付き合ってやる。酒でも飲みながら、昔話をしよう。

滝水　そうじゃない。俺が聞きたかったのは、彼女の時代に行けるかどうかだ。

加塩　彼女の時代に？

滝水　人間の思いには、科学では証明できない力がある。とすれば、タイムトラベルができたとしても、不思議じゃない。おまえはそう言ったよな？

加塩　ああ。でも、それはあくまでも小説の話で――

滝水　俺には、彼女の時代に行きたいっていう強い思いがある。この思いがあれば、二十七年後の世界へ跳べるんだろう？

加塩　落ち着け、滝水。

滝水　加塩、答えてくれ。俺の思いは強いか。彼女の時代に行くだけの力はあるか。

加塩　おまえが俺の小説の登場人物なら、あると答えるだろう。でもな、滝水。小説と現実は違うんだ。

滝水　また、小説はただの夢だって言うのか。でもな、加塩。夢を夢のままで終わらせなかった人間だけが、歴史を変えてきたんだ。（と立ち上がる）

加塩　どこへ行く。

滝水　白鳥山だ。

加塩　バカな真似はやめろ。なぜわざわざ自分から死にに行く。

滝水　俺だって、死にたくはない。でも、このまま生き続けて、何になる？　彼女には会えない。手紙ももらえない。彼女なしで、どうやって生きていけばいい？

加塩　忘れろ。どうせ一度、会っただけじゃないか。

滝水　回数なんか関係ない。彼女のことを知れば知るほど、好きになった。彼女の絵を描けば描くほど、もう一度、会いたくなった。忘れるなんて、できっこない。

加塩　だからって、死ぬことはない。

滝水　心配するな。俺は死なない。絶対に。

加塩　滝水。

滝水　じゃあな。

滝水が去る。

加塩 滝水は車で白鳥山に向かった。途中で雪が降り始めた。三時間ほどで、唐谷登山口に到着。車内で仮眠を取り、夜が明けると同時に外に出た。雪は既に三十センチほど積もり、降りも激しくなっていた。それでも、滝水は登り始めた。高度が上がるにつれて、降りはさらに激しさを増し、風まで出てきた。吹雪だ。息が苦しい。それでも、滝水は登り続けた。春、山芍薬が真っ白に咲いていていた、あの斜面を目指して。

沙穂流と芽里がやってくる。加塩は去る。

芽里 （立ち止まって）サーホ、まだ？

沙穂流 もうすぐもうすぐ。あと五分も歩けば、見えると思う。

芽里 本当に咲いてるんだろうね？　山芍薬。

沙穂流 去年も一昨年も、五月の中旬だった。その前の年は、四月の終わりだったけど。

芽里 それじゃ、もう全部散ってるって可能性もあるわけ？

沙穂流 ないとは言えない。でも、きっと大丈夫よ。だから、足を動かして。

芽里 滝水さんと会ったのは、どこ？

沙穂流 ヤマシャクの群落を過ぎて、五分ぐらい行った所。

芽里 会いたい？　滝水さんに。

沙穂流　もちろん。

芽里　なぜあんたの忠告を聞かなかったのかな？　十二月三十日に登ったら、死ぬってわかってたのに。

沙穂流　何か理由があったんだと思う。どうしても登らなくちゃいけない理由が。

芽里　たとえば？

沙穂流　私にわかるわけないでしょう？　でも、一つだけはっきりしてることがある。人間には歴史は変えられないのよ。絶対に。

芽里　サーホ、見て。霧が出てきた。

沙穂流　霧じゃない。これは、雪！

芽里　嘘。五月に雪？

激しい吹雪。その中から、滝水がやってくる。リュックサックを背負い、ゴーグルをかけている。

滝水　（ゴーグルを外して）沙穂流さんですか？

沙穂流　滝水さん？　でも、どうして？

滝水　君に会いたかった。どうしても。

滝水が地面に座り込む。沙穂流と芽里が駆け寄る。

沙穂流　大丈夫ですか？
滝水　今日は何日？
沙穂流　五月十二日の金曜日です。二〇三四年の。
滝水　僕にとっては、二〇〇六年の十二月三十日。今日は、僕が遭難した日なんだ。
芽里　それじゃ、あなたは死んだんじゃなくて……。
滝水　（沙穂流に）君の手紙には「行方不明になった」としか書いてなかった。遺体が見つかったかどうかはわからなかった。だから、賭けたんだ。奇跡を信じて。
沙穂流　体が冷たい。今、温かい飲み物を出しますね。
滝水　いや、自分で持ってきた。

滝水がリュックサックの中から水筒を出す。蓋を開けて、コーヒーを注ぐ。

沙穂流　それは……。
滝水　コーヒーだよ。もう一度、君と飲みたくて。
芽里　いい匂い。
滝水　（沙穂流に）この時代は、コーヒーが貴重品なんでしょう？　だから、いっぱい持ってきた。リュックの中身は、全部、コーヒー豆なんだ。さあ、どうぞ。（と蓋を差し出す）
沙穂流　（受け取って）ありがとう、滝水さん。私に会いに来てくれて……。（とうつむく）

滝水が沙穂流の肩に手を置く。沙穂流がうなずき、コーヒーを飲む。三人の背後に、山芍薬の群落が見える。何千もの山芍薬が真っ白な花を咲かせている。

〈幕〉

光の帝国

THE EMPIRE OF LIGHTS

登場人物

春田光紀　（カメラマン）
春田記実子　（光紀の姉・翻訳家）
猪狩悠介　（映画監督）
猪狩義正　（悠介の父・開業医）
春田里子　（光紀の母・主婦）
春田貴世誌　（光紀の父・紀行作家）
寺崎美千代　（悠介の妹・主婦）
猪狩康介　（悠介の弟・研修医）
今枝日菜子　（光紀の担任）

この作品は、恩田陸『大きな引き出し』（集英社文庫『光の帝国』所収）を脚色したものです。また、恩田陸『光の帝国』（集英社文庫『光の帝国』所収）も参考にしています。またまた、この作品の中で引用したウィリアム・シェイクスピア『ヘンリー四世』は、小田島雄志訳（白水社）です。

1

二〇〇九年五月三十日午前十一時。

神奈川県鎌倉市にある、映画監督・猪狩悠介の別荘の居間。

春田光紀がやってくる。デイパックを背負っている。窓の外を見て、ポケットからデジタルカメラを取り出し、シャッターを押す。そこへ、春田記実子がやってくる。

記実子　光紀、何してるの？
光紀　見ろよ、姉さん。（窓の外を指差して）波打ち際で、親子が駆けっこしてる。子供の方は幼稚園ぐらいじゃないかな。あ、転んだ。（シャッターをを押す）
記実子　駆けっこがそんなに珍しい？
光紀　珍しくはないけど、ここから撮ると、いい絵になるんだよ。（窓の外を見て）あ、子供が泣き出した。お父さんに向かって、砂を投げつけた。（シャッターを押す）
記実子　いい加減にしなさいよ。遊びに来たんじゃないのよ。
光紀　わかってるよ。
記実子　で、二階は？

光紀　誰もいなかった。ただし、寝室のベッドの毛布はグジャグジャ。ついさっきまで寝てたって感じだな。そっちは？

記実子　キッチンもトイレも空っぽ。全く、鍵もかけないで、どこに行ったんだろう。

光紀　そう、カリカリするなって。待ってれば、そのうち、帰ってくるさ。じゃ、今度は姉さんを撮ってあげよう。

記実子　光紀、ふざけるのはやめて。

光紀　ごめんごめん。でも、姉さんも悪いんだぜ。一年ぶりに会ったのに、ずっと怖い顔をして。

記実子　「光紀君、いい子にしてた？」って、頭を撫で撫でしてほしいわけ？

光紀　そうじゃないけど。

そこへ、猪狩悠介がやってくる。

悠介　ここで何をしてる。

記実子　すみません、勝手に中に入って。何度も声をかけたんですけど。

悠介　俺は何をしてるのかと聞いたんだ。

記実子　誤解しないでください。私たちは怪しい者じゃありません。玄関の鍵が開いてたんで、悪いとは思いながら、つい。

悠介　鍵が開いてれば、どこに入ってもいいのか？　警察を呼ばれたくなかったら、すぐに出ていけ。

光紀　猪狩悠介さんですよね？　映画監督の。
悠介　それがどうした。ここには、金目のものは何もないぞ。
光紀　お久しぶりです、悠介さん。俺たちのこと、覚えてませんか？
悠介　なんだと？
光紀　光紀です。春田光紀。
記実子　（悠介に）光紀の姉の、記実子です。私たち、十五年前に、あなたとお会いしてるんです。仙台で。
悠介　驚いたな。本当に、あの二人なのか？
記実子　よかった。思い出してくれたんですね？
悠介　言われてみれば、確かに面影がある。光紀君の方は特に。
光紀　それは、あんまり成長してないってことですか？
悠介　いやいや、二人とも立派な大人になった。すまなかったな、泥棒扱いして。
記実子　勝手に入った、私たちが悪いんです。でも、どこに行ってたんですか？
悠介　裏山だ。アイディアに詰まると、山の中を歩き回ることにしてる。

悠介が冷蔵庫から小型の瓶ビールを取り出し、栓を抜く。

記実子　昼間からビールですか？
悠介　悪いが、ここには酒しかないぞ。酒がいやなら、水道水でも飲め。

光紀　俺、もらいます。（悠介の手からビールを取る）
記実子　光紀。
光紀　姉さんももらえばいいのに。酒は俺より強いじゃないか。
記実子　（光紀の手からビールを取って、悠介に差し出し）私たち、車で来てるんで。
悠介　そうか。（受け取って）じゃ、失礼して、俺だけ飲ませてもらう。（飲んで）それにしても、久しぶりだな。今、どこに住んでるんだ。
光紀　大阪です。でも、年がら年中旅行をしてるんで、家には滅多に帰りません。
悠介　旅行？
光紀　俺、カメラマンなんですよ。まだ駆け出しですけど。
悠介　記実子さんは？
光紀　姉は東京です。仕事は翻訳家。こう見えても、結構売れっ子なんですよ。英語だけじゃなくて、フランス語やスペイン語もできるから。
記実子　光紀、余計なことを話すんじゃないの。
悠介　なぜ止めるんだ。ここに来たのは、俺と話をするためじゃないのか？
記実子　そうです。でも、私たちが今、何をしているかはどうもいい。問題は、あなたが何をしているかです。
悠介　俺が？
記実子　単刀直入にお聞きします。あなたが今、書いている脚本は、どんな話ですか？
悠介　なぜそんなことを聞く。

記実子　答えてください。題材は？　ストーリーは？　テーマは？
光紀　バカだな、姉さんは。そんな聞き方をしたら、正直に答えてくれるわけないだろう？
記実子　じゃ、他にどんな方法があるのよ。
悠介　（笑って）二人とも、何か誤解してるんじゃないか？　俺は君たちに隠し事をするつもりはない。聞かれたことには正直に答えよう。ただし、今の質問は無意味だな。君たちは既に答えを知ってるんだから。
光紀　それじゃ、やっぱり、常野のことを？
記実子　光紀！
悠介　そうだ。俺は常野の一族を題材にした映画を撮ろうと思ってる。君たちがここに来たのは、それを止めるためだろう。いつかは誰かが来ると思っていたが、それがまさか君たちだったとはな。
記実子　脚本はもう完成したんですか？
悠介　ああ。今は細部の手直しをしているところだ。読みたいか？
記実子　ええ。
悠介　二階の書斎にある。今、取ってこよう。その前に、一つだけ言っておく。君たちがどんなに反対しても、俺の気持ちは変わらない。俺は、俺の撮りたい映画を撮る。待っててくれ。

悠介が去る。

記実子　遠耳の言ってた通りね。あの人は本気で常野を映画にしようとしてる。
光紀　脚本なんか読んで、どうするつもり？
記実子　確かめるのよ。どこまで事実が書いてあるか。
光紀　俺や姉さんが登場してたりして。
記実子　そんなの、絶対に許さない。何が何でも、止めてみせる。
光紀　まさか、殺すなんて言わないよね？
記実子　それはあの人次第よ。
光紀　ちょっと待ってよ。
記実子　あんたは甘い。元はと言えば、あんたが不用意に力を使ったのがいけないのよ。
光紀　仕方ないだろう？　あの時はまだ十歳だったんだから。
記実子　私は十三歳だった。今から十五年前。

時間が巻き戻る。光紀と記実子が十五年前に会った人々が、二人の横を通り過ぎていく。最後に、悠介が十五年前の姿でやってくる。一瞬、立ち止まり、二人を見るが、やはり、通り過ぎていく。

2

記実子　今から十五年前、私たちは盛岡から仙台に引っ越した。
光紀　ちょうどこれぐらいの家だったね。もっと古くて、汚かったけど。
記実子　貸家だったからね。でも、どうせすぐに引っ越すんだから、いい家を借りる必要はなかった。
光紀　俺は結構気に入ってたんだ。窓から仙台湾が見えたし。（窓の外にカメラを向ける）
記実子　あんた、まだ撮るつもり？
光紀　お父さんがいない。子供が一人で、砂遊びをしてる。
記実子　何だか、あの頃のあんたみたいね。気がつくと、一人で絵を描いたり、庭にあったハルニレの木に登ったり。
光紀　そうだった。あの頃の俺はやたらとムシャクシャしてたんだ。
記実子　私たちが引っ越したのは、四月の終わり。事件はその一カ月後に起こった。

そこへ、塩釜と石巻がやってくる。塩釜は箒を二本、石巻はチリ取りと国語の参考書を持っている。
記実子は去る。

石巻　（参考書を読んで）「久方の」。
塩釜　「光のどけき春の日にしづ心なく花の散るらむ」。春田君、ボーっとしてないで、あなたも掃いて。（箒を差し出す）
光紀　オーケイ。（受け取って、掃き始める）
石巻　（参考書を読んで）「人はいさ」。
塩釜　「心も知らずふるさとは花ぞ昔の香ににほひける」。
石巻　（参考書を読んで）「もろともに」。
塩釜　「あはれと思へ山桜花よりほかに知る人もなし」。
石巻　凄い。完璧だよ、塩釜さん。（拍手する）
光紀　石巻君、ちり取り、貸して。
石巻　春田君、ちょっと聞いてよ。塩釜さんて凄いんだよ。
塩釜　（光紀に）やめてよ、石巻君。あんまり大袈裟なこと、言わないで。
石巻　大袈裟じゃないって。（光紀に）百人一首を全部覚えてるんだ。百個、全部だよ。凄いだろう？

光紀　うん、まあ。
塩釜　何よ、その気の抜けた返事は。
石巻　春田君は転校してきたばっかりだから、知らないんだよ。（光紀に）塩釜さんはクラスで一番、いや、もしかしたら仙台市内で一番、頭がいいんだ。

光紀　百人一首を覚えるのって、そんなに凄いことかな。
塩釜　何よ、偉そうに。じゃ、春田君は何を覚えてるわけ？
石巻　僕はプロレスの技が言えるよ。コブラツイスト、卍固め、延髄切り――
塩釜　石巻君には聞いてない。答えてよ、春田君。
光紀　僕は別に。
塩釜　わかった。本当は悔しいんでしょう？　私みたいに覚えられないから。
光紀　そうじゃないよ。
塩釜　だったら、何でも覚えてるものを言ってみなさいよ。ほら。
光紀　いいよ、言いたくない。
石巻　ずるいぞ、春田君。「言いたくない」じゃなくて、「言えない」だろう？
光紀　そんなの、どっちでもいいだろう。（歩き出す）
塩釜　待ちなさいよ。逃げるつもり？（光紀の腕をつかむ）
光紀　放せよ。（塩釜の手を振り払う）
塩釜　（よろけて）石巻君、何とかして。
石巻　僕が？
塩釜　宿題、もう写させてあげないわよ。
石巻　春田君、塩釜さんに謝れ。

石巻が光紀の腕をつかむ。光紀が石巻の手を振り払う。石巻がよろける。塩釜が石巻に箒を押しつける。石巻が箒を振り回す。光紀が箒を使って、石巻の攻撃を避ける。塩釜が光紀に向かって、石巻を突き飛ばす。石巻が光紀にぶつかる。光紀が転ぶ。そこへ、今枝が走ってくる。今枝はファイルを持っている。

今枝　どうしたの、あなたたち。

塩釜　（光紀に駆け寄って）大丈夫、春田君？

石巻　えー？

今枝　何があったの？　もしかして、喧嘩？

塩釜　違いますよ。先生はいつも言ってますよね？「勉強も掃除も一生懸命やりましょう」って。その言葉通りに一生懸命掃除したら、床がピカピカになった。でも、好事魔多し。春田君が足を滑らせちゃったんです。そうよね、石巻君？

石巻　（今枝に）そうなんです。先生も気をつけてください。

今枝　春田君、本当？

光紀　塩釜さんの言う通りです。滑って転びました。

塩釜　（今枝に）ほらね？　じゃ、私は英会話のレッスンがあるので失礼します。今枝先生、さようなら。春田君、また明日ね。

石巻　待ってよ、塩釜さん！

塩釜と石巻が去る。

今枝　（足で床を擦って）そんなに滑るかな？　春田君、本当に転んだだけ？
光紀　本当です。喧嘩なんかしてません。（歩き出す）
今枝　春田君、ちょっと待って。君は将来、何になりたい？
光紀　え？
今枝　ごめんね、いきなり。実は、四月の頭に、クラスのみんなに作文を書いてもらったんだ。題名は「私の夢」。でも、春田君はその後、転校してきたじゃない？　だから、聞いてみたいなと思って。
光紀　夢ですか。
今枝　何でもいいのよ。宇宙飛行士とか、ノーベル賞を取るとか。
光紀　特にないです。
今枝　嘘。一つぐらい、あるでしょう？　先生は小学生の頃、スチュワーデスに憧れてたのよ。でも、中学に入って諦めた。なぜかと言うと、スチュワーデスには身長制限があったの。人間を身長で差別するなんて、ひどいと思わない？
光紀　思います。とっても。
今枝　あの時は一晩中、泣いた。泣きながら、考えたの。私にできることは何だろうって。そこで閃いたのが教師だったのよ。私は小さい頃から、人前で話をするのが得意だった。どんなに大勢の前でも緊張しない。それだけが自慢だったの。
光紀　今枝先生。百人一首を覚えてるのって、凄いことですか？

今枝　どうしてそんなことを聞くの？
光紀　百個全部覚えたら、自慢してもいいと思いますか？
今枝　そうね。確かに、凄いとは思う。でも、ただ丸暗記しただけで、意味がわかってなかったら、あんまり価値がないんじゃないかな。
光紀　そうですか。
今枝　どうしてそんなことを聞くの？　ひょっとして、おうちの人に何か言われたの？
光紀　何かって？
今枝　詰め込み教育は良くないとか、教師は児童の自主性を尊重するべきだとか。
光紀　そんなこと言われてません。僕、もう帰ります。
今枝　そうだ。一つ、宿題を出していい？（ファイルから原稿用紙を出して）「私の夢」の作文。期限は今月いっぱい。どんなに短くてもいいから、書いてみて。（差し出す）
光紀　わかりました。（受け取る）

光紀がお辞儀をして、去る。反対側へ、今枝が去る。遠くに、悠介がやってくる。紙の束を持っている。

悠介　五年前、古い友人から、こんな噂を聞かされた。常識では考えられない能力を持つ一族が存在するらしいと。彼らの能力は多種多様だ。遠くで起きている出来事を感知する人々。未来をあらかじめ知ることができる人々。もちろん最初は、よくある言い伝えや、作り話の類だと思った。しかし、何かが妙に引っかかる。笑い飛ばそうとしても、それでいいのかと不安が湧いてくる。俺は、納得の行くまで調べることに決めた。噂のどこが、なぜ引っかかるのか、突き止めたいと思ったのだ。

悠介が去る。

3

光紀がやってくる。デイパックを背負い、原稿用紙を持っている。

光紀　「汀にうちあがらんとするところに、おし並べてむずと組んでどうど落ち、とっておさへて頸をかかんと甲をおしあふのけて見ければ、年十六七ばかりなるが、うす化粧して、かねぐろ也。我が子の小次郎がよはひ程にて、容顔まことに美麗也ければ、いづくに刀を立つべしともおぼえず。『そもそもいかなる人にてましまし候ぞ。名乗らせ給へ、助けまいらせん』と申せば、『汝は誰そ』と問ひ給ふ。『物、そのもので候はねども、武蔵国住人、熊谷次郎直実』と名乗り申す」。

光紀が原稿用紙を放り投げる。そこへ、猪狩義正がやってくる。

義正　おい、坊主！　道に物を捨てるな！
光紀　……僕？
義正　他に誰がいる。ここはおまえの家じゃない。ゴミはゴミ箱に捨てろ。

光紀　ごめんなさい。（拾う）
義正　何を捨てようとした。見せてみろ。
光紀　え？　でも……。
義正　いいから、見せてみろ。大方、テストで零点でも取ったんだろう。（光紀の左手首をつかむ）
光紀　痛い！
義正　大袈裟なヤツだな。ちょっとつかんだだけだろう。
光紀　痛い痛い痛い！　放してよ！

そこへ、記実子がやってくる。

記実子　ちょっと！　うちの弟に何するんですか！
光紀　姉さん、助けて。
記実子　（義正に）手を放してください。痛がってるじゃないですか。
義正　痛がるのは当たり前だ。関節を挫いたんだからな。
記実子　え？
義正　要するに、捻挫だ。坊主、俺の家に来い。
光紀　なんでだよ。
義正　手当をしてやる。俺の専門は内科だが、湿布ぐらいはできる。

記実子　あなた、お医者さんなんですか？
義正　猪狩医院の猪狩義正。こう見えても、院長だ。
光紀・記実子　院長？

光紀が椅子に座る。義正が白衣を着て、光紀の手当てをする。記実子は去る。

義正　なるほど。廊下で滑って転んだっていうのか。下手な嘘だ。
光紀　嘘じゃないよ。
義正　足が滑ったら、普通は仰向けに倒れるはずだ。その場合、一番強く打つのは臀部、つまりケツだ。手首じゃない。手を床に着いたってことは、うつ伏せか、横向きに転んだんだ。何かにけつまずいたか、誰かに突き飛ばされるかして。どうだ、図星だろう？
光紀　どうでもいいじゃないか、そんなこと。
義正　確かにそうだな。子供は元気が一番。たまには喧嘩ぐらいした方がいい。おまえ、家はどこだ。あまり見かけない顔だが。
光紀　ここの近所だよ。引っ越してきたんだ、一カ月前に。
義正　どこから。
光紀　盛岡。その前は札幌。ずっと前は、東京にもいた。
義正　親父が借金でも作って、逃げ回ってるのか？
光紀　違うよ。うちの父さんはそんな人間じゃない。

義正　頭の固いヤツだな。冗談に決まってるだろう。

光紀　医者が仕事中に冗談なんか言っていいのかよ。あんた、どうせ藪医者なんだろう？　院長だなんて威張ってたけど、あんた以外、誰もいないじゃないか。

義正　目上の人間に向かって、あんたとは何だ。猪狩先生と呼べ。ほら、終わったぞ。（光紀の左手首を叩く）

光紀　痛い！　何すんだよ！

義正が棚からウーゾの瓶を取り出し、グラスに注いで、飲み始める。

義正　さっき、ブツブツ言ってたのは、『平家物語』だろう。確か、「敦盛の最期」の一節だったな。

光紀　よくわかったね。

義正　俺は若い頃から、読書が趣味でな。中でも古典文学には目がない。テレビや映画なんかより、よっぽどおもしろい。

光紀　猪狩先生はテレビを見ないの？

義正　ニュースと天気予報だけは見る。

光紀　映画は？　まさか、一度も見たことないの？

義正　あんなものはみんな嘘っぱちだ。そこへ行くと、平家は千年前に実際にあった戦争の記録。つまり、事実だ。俺は医者だからな。事実にしか興味はない。

光紀　それ、お酒？

義正　ウーゾ。ギリシャの蒸留酒だ。キツイけど、うまいぞ。

光紀　医者が仕事中に飲むなんて。やっぱり、藪医者だ。

義正　今日の診療は一分前に終了した。プライベートで何をしようと、俺の勝手だ。それにしても、小学生が平家を暗記してるとはな。さっきの続きは言えるか？

光紀　『さては、汝にあうては、名乗るまじいぞ。汝がためにはよい敵ぞ。名乗らずとも頸を取って人に問へ。見知らうずるぞ』とそのたまひける。熊谷、『あっぱれ大将軍や。この人一人討ちたてまったり共、まくべき戦に勝つべきやうもなし』。（俯く）

義正　どうした？　もうおしまいか？

光紀　もっと言えるよ。『平家物語』は全部言える。でも、こんなの、凄くも何ともない。

義正　なぜだ。

光紀　僕には意味がわからない。ただ丸暗記したって、何の価値もないんだ。

義正　だったら、なぜ暗記したんだ。親に強制されたのか？

光紀　そうじゃなくて……。趣味みたいなもんだよ。

義正　いいか、坊主。平家はすばらしい作品だ。暗記するだけの価値は十分にある。今はとにかく、繰り返し暗誦しろ。意味はそのうち自然とわかってくる。

そこへ、記実子がやってくる。

記実子　失礼します。
義正　（瓶とグラスを隠す）
記実子　今、何を隠したんですか？　この匂いはお酒？
義正　今日の診療は三分前に終了した。プライベートで何をしようと、俺の勝手だ。
記実子　じゃ、もう連れて帰っていいんですね？
義正　（光紀に）明日また来い。それまで、湿布を剥がすんじゃないぞ。
記実子　あの、代金は？
義正　必要ない。おかげで、いい暇潰しになった。
記実子　ありがとうございます。（光紀に）あんたもお礼を言って。
光紀　ありがとうございました、猪狩先生。
義正　今度はもっとうまく転べよ。

光紀と記実子が去る。反対側へ、義正が去る。遠くに、悠介がやってくる。紙の束を持っている。

悠介　噂を頼りに、俺は一族の調査を始めた。情報は伝聞ばかりで、文書として残されたものはほとんどない。まるで、わざと痕跡を消しているかのようだった。しかし、調査を進めるうちに、一族が常野と呼ばれていることがわかった。常に野にあると書いて、常野。権力を持たず、目立たず群れずという意味か。そして、二年前。常野の中に、膨大な記憶を持つ人々がいるという話を聞いた。あらゆる古典文学を暗記していて、いつでも即座に暗誦できる。つまり、一人一人が巨大な図書館なのだ。彼らは一度記憶したことをけっして忘れない。彼らが生きている限り。

悠介が去る。

4

春田里子がやってくる。ノートを数冊持っている。椅子に座り、ノートを読み始める。そこへ、春田貴世誌がやってくる。ティーカップを二つ持っている。

貴世誌 はい、どうぞ。（テーブルにティーカップを置く）

里子 ありがとう。（飲む）

貴世誌 記実子は今、何をしまってるんだっけ？

里子 シェイクスピア。昨日は『ヘンリー四世』で、一昨日は『ヴェニスの商人』

貴世誌 『ヘンリー四世』か。四幕五場のハル王子のセリフは感動的だったな。「ああ、お許しください、父上！ この涙が、あふれ出るこの涙がことばをせき止めさえしなければ、ただいまのきついきびしいご叱責には、父上が悲しみをこめておっしゃるまでもなく、また、私が、最後まで聞くまでもなく、申し開きしたでしょう」

里子 あなた、ちょっと静かにして。今日中に、この日記をしまっちゃいたいの。

貴世誌 やっぱり、シェイクスピアはいいな。昔はよく、二人で暗誦したっけ。「父上の王冠はここに。永遠の王冠を戴きたもう神よ、これを末長く父上のものとさせたまえ！」

里子　あなた、私は静かにしてって言ったのよ。

貴世誌　「私がこれを大切に思うのは、父上の名誉、名声のしるしとしてです。それ以外の野心などありません」

里子　それ以上続けたら、この紅茶、頭からかけるよ。

貴世誌　昔はニッコリ笑って、一緒に暗誦してくれたのに。時の流れって残酷だな。

そこへ、光紀と記実子がやってくる。光紀は左手を隠している。

記実子　ただいま。

貴世誌　待ってたぞ、記実子。おまえも一緒にやらないか？

里子　（記実子に）いいよ、相手にしなくて。

貴世誌　「でなければこのようにひざまずいたまま二度と立ちません。この恭順の姿勢は内なる真情が外なる形に命じてとらせているのです」

記実子　それって、ハル王子のセリフだよね？　私、あの人、嫌い。

里子　私も。

貴世誌　まあ、そう言わないで。「神を証人として申します。私がさきほどこの部屋にまいり、父上の息が絶えておられるのを知った時、私の心臓は凍りつく思いでした！」。ほら、記実子。

記実子　「もしこのことばに偽りがあれば、私は現在の放らつな私のままで死ぬほうがましです。

貴世誌　いますぐりっぱに生活を改めようと決意している私の将来の姿を世間の冷たい目に示すまで生きてはいません！」
光紀　光紀もどうだ。
記実子　僕、シェイクスピアはまだ。
貴世誌　あんた、昨夜、私が暗誦してるのを横で聞いてたじゃない。
（光紀に）ほらほら、早く言わないと、父さんが先に言っちゃうぞ。「父上を見にきて、息が止まっておられると思った時――
記実子　「私もそう思っただけで息が止まる思いで、王冠にたいして生あるもののごとくにこう非難のことばを浴びせたのです」
里子　あ、そこは、父さんが好きなところなのに。
貴世誌　「おまえに属する心労が父上のおからだをむしばみ、おいのちを縮めてしまった、それゆえにおまえは最高の黄金でありながら同時に最悪の黄金でもある」
里子　母さんまで。
貴世誌　「おまえより純度の低い黄金でも、飲み薬として、いのちを保つ用に供されるものは、価値が高い」
里子・記実子　「それなのに」――
貴世誌　これぐらいでおしまいにしない？
記実子　あと十一行なのに……。でも、記実子のおかげで、家族の団欒がたっぷり堪能できた。お
貴世誌　礼に、紅茶をご馳走しよう。（ティーカップを示す）

記実子　(見て) 飲みかけ?

貴世誌　いやなら、自分で淹れろ。なあ、記実子。シェイクスピアをしまい終わったら、次は何にする? 父さんは、楽譜がいいと思うな。ホルストの『惑星』なんか最高だぞ。

里子　あなた、自分の趣味を記実子に押しつけないで。

チャイムの音。

貴世誌　俺が見てこよう。

貴世誌が去る。

里子　光紀、おやつは食べないの? 台所にとんがりコーンがあるよ。

光紀　いらない。

里子　どうしたの? 今日はやけに不機嫌ね。

記実子　(光紀の左手首を持ち上げて) 原因はこれ。

光紀　(記実子の手を振り払って) やめろよ。

里子　怪我?

記実子　廊下で転んで、捻挫したんだって。帰ってくる途中で、猪狩医院の猪狩先生って人に会って、その人に手当してもらったの。タダで。

里子　そう。今度、お礼を言いに行かなくちゃね。

記実子　私は行かない方がいいと思うな。光紀ったらね、その猪狩先生に、平家を暗誦してみせたのよ。

光紀　姉さん、立ち聞きしてたの？

里子　どうしてそんなことをしたの？　よその人の前で、力を見せちゃ駄目だって言ったでしょう？

光紀　でも、ほんのちょっとだけだよ。

記実子　ほんのちょっとが命取りになるのよ。あっという間に噂が広がって、下手をしたら、殺されるかもしれない。

光紀　まさか。

記実子　日本は民主主義の国なの。国民は全員平等。余計な物を持ってる人間は、排除されるの。

光紀　嘘だ。

里子　光紀。猪狩先生には、平家を暗誦してみせただけ？　あなたの力のこと、話してないでしょうね？

光紀　当たり前じゃないか。

里子　そう。でも、念には念を入れた方がいい。猪狩先生には二度と会わないで。

光紀　どうして。

里子　会わなければ、自然に忘れてもらえるでしょう？　それが一番いいのよ。わかった？

光紀　（うなずいて）僕、おやつ、食べてくる。

光紀が去る。

記実子　あの子、最近、おかしいよね。何かって言うと、口答えして。

里子　苦しい時期に来てるのかもしれない。しまうスピードは速くなったけど、まだ響いてないじゃない。

記実子　私は淋しいだけだと思うな。ここのところ、お父さんもお母さんも仕事が忙しいでしょう？　相手にしてもらえなくて、拗ねてるのよ。

里子　一度、じっくり話した方がいいかな。

記実子　お母さんは仕事に集中して。光紀は私が何とかするから。

里子　ありがとう。そう言ってもらえると、助かる。

そこへ、貴世誌と今枝がやってくる。

貴世誌　里子、光紀の担任の先生がいらっしゃったぞ。

今枝　（里子に）突然お邪魔して、申し訳ありません。

里子　まあまあ、いつも光紀がお世話になってます。

記実子　（今枝に）あの子が何かご迷惑をおかけしたんでしょうか？

今枝　とんでもない。光紀君はまじめで素直でとってもいい子ですよ。

記実子　じゃ、どうして先生が家に？

今枝　ただの家庭訪問です。光紀君の所だけ、まだだったと思い出しまして。あなた、光紀君のお姉さんよね？　調査書には中学生って書いてあったけど。

貴世誌　そうですよ。記実子は中学一年です。

今枝　ということは十三歳？　どうして私より大人っぽいの？

里子　立ち話も何ですから、奥へどうぞ。今、光紀を呼んできます。

今枝　いいえ、今日は、ご両親とお話がしたいんです。特にお父さんと。

貴世誌　なぜ私と？

今枝　お父さんのお仕事は作家したよね？　どんな小説をお書きになってるんですか？

貴世誌　小説じゃなくて、エッセイです。いろんな土地に行って、見たり聞いたりしたことを文章にしてます。

今枝　文章をお書きになる方は、教育に対しても、きちんとしたご意見をお持ちだと思います。子供にとって、一番大切なことは何だとお考えですか？

貴世誌　急にそんなことを聞かれても……。まあ、強いて挙げるなら、元気でしょうか。

今枝　それは、積極性という意味に受け取って構いませんよね？　だとしたら、どうして光紀君は授業中に手を挙げないんでしょう？

貴世誌　答えがわからないからじゃないですか？

今枝　違います。テストの成績を見る限り、光紀君は授業の内容をしっかり理解しています。それなのに、手を挙げないのは、積極性がないからじゃありませんか？　正直にお答えくだ

貴世誌　さい。お父さんは今の学校教育のあり方に何か異論をお持ちなんですか?
今枝　私は別に異論なんて……。うどんは大好物ですけど。
里子　つまらない駄洒落で話をはぐらかすのは止めてください。
　　　とにかく、奥へどうぞ。お父さん、ご案内して。私はお茶を淹れてくるから。

貴世誌と今枝が去る。

里子　(ノートを記実子に差し出して)これ、片付けといてくれる?
記実子　(受け取って)これって、誰かの日記?
里子　遠目の梶尾さん。来週、私がしまう人。
記実子　その人、どれぐらい先が見えるの?
里子　自分のことなら、一カ月。それ以外の人なら、一週間ぐらいかな。
記実子　凄い。私も見てもらおうかな。
里子　それは無理。病気で、ほとんど意識がないの。光紀のこと、お願いね。
記実子　任せといて。

里子がティーカップを、記実子がノートを持って去る。

5

光紀と義正がやってくる。椅子に向かい合って座る。義正が光紀の左手首の手当てを始める。

義正　俺は平知盛が好きでな。特に、壇ノ浦の戦いで自決する場面は最高だ。「見るべき程の事は見つ」。

光紀　「『見るべき程の事は見つ。いまは自害せん』とて、めのと子の伊賀平内左衛門家長を召して、『いかに、約束はたがふまじきか』との給へば、『子細にや及候』と、中納言に鎧二領着せたてまつり、我身も鎧二領着て、手をとりくんで海へぞ入にける」。

義正　平家を全部暗記してるっていうのは、嘘じゃなかったんだな。

光紀　何だよ、まだ疑ってたの？

義正　冗談だ。いい加減、慣れろ。（左手首を叩く）

光紀　痛い！　全く、乱暴だな。これだから、患者が誰も来ないんだ。

義正が棚からウーゾの瓶を取り出し、グラスに注いで、飲み始める。

義正　そういうおまえはどうなんだ。毎日ここに遊びに来るのは、友達がいないからじゃないのか？　まあ、俺は話し相手ができて、うれしいが。

光紀　先生はどうして一人で住んでるの？　家族の人たちは？

義正　子供たちはみんな独立した。ばあさんはとっくにあの世へ行っちまった。

光紀　淋しくないの？

義正　この家には、ばあさんの思い出が詰まってる。この家にいる限り、淋しくはない。

そこへ、美千代がやってくる。

美千代　あら、お客様だったの？

義正　（瓶とグラスを隠して）ああ、近所に住んでる小学生だ。

美千代　この匂いは何？　まさか、お酒？

義正　バカ、誰が酒なんか飲むか。この匂いはエタノール。たった今、この子の傷を消毒したんだ。

美千代　お父さん、病院は閉めたんじゃなかったの？

義正　この子は特別だ。たまたま知り合いになったから、怪我の手当をしてやっただけで。（光紀に）そうだよな、坊主？

光紀　はい。

美千代　もう治療は終わったのね？　悪いけど、今日はこれで帰ってくれる？　お父さん、聞いて。

義正　もうすぐ、ここに兄さんが来るの。

美千代　悠介が？

義正　怒らないで。私が呼んだの。明日はお母さんの十七回忌じゃない？　だから、兄さんにも出席してもらおうと思って。（腕時計を見て）おかしいな。もう四時を過ぎてるのに。私、電話してくる。

美千代が去る。

光紀　今の人は？

義正　俺の娘だ。外科医と結婚して、塩釜に住んでる。

光紀　あの人、言ってたよね？　病院は閉めたって。

義正　俺ももう年だからな。去年の暮れに引退したんだ。（グラスを呷る）

そこへ、悠介がやってくる。袋を持っている。

悠介　おやおや、真っ昼間から酒盛りとは、結構なご身分だな。

義正　！

悠介　（瓶を取って）ウーゾか。こんなきつい酒、年寄りが飲んでいいのか？

義正　おまえに文句をつけられる覚えはない。

悠介　その調子じゃ、まだまだ死にそうにないな。（瓶を置いて）仕事を放り出して来てやったのに、とんだ無駄足だったたってわけだ。

義正　おまえ、何の話をしてるんだ？

悠介　美千代のヤツに一杯食わされたって話さ。ほら、お土産だ。（袋を差し出す）

義正　中身は何だ。

悠介　マドレーヌだよ。おふくろが大好きだったろう？

義正　俺は甘いものは食わない。持って帰れ。

悠介　誤解するなよ。俺はおふくろに買ってきたんだ。仏前に供えるために。

義正　俺は持って帰れと言ったんだ。

悠介　俺から物は受け取りたくないって言うのか。だったら、仕方ない。（光紀に）おまえ、マドレーヌは好きか？

光紀　好きだけど、あんたのは食べたくない。

悠介　何だと？　ガキのくせに、生意気を言うな。

義正　悠介、この子をガキ呼ばわりするな。この子は俺の友達だ。

悠介　友達？　冗談だろう？（光紀に）おまえ、こんなジジイと仲良くなって、うれしいか？

そこへ、康介がやってくる。

康介　父さん、何飲んでるんだよ。もう酒は飲まないって約束したのに。（瓶とグラスを取る）

義正　何が約束だ。おまえが勝手に決めたんだろう。
康介　(悠介に) 久しぶりだね、兄さん。この前、ニュースで見たよ。アルコバレーノ映画祭で特別賞を獲ったんだって？　おめでとう。
悠介　康介、下手な芝居はやめろ。
康介　芝居って？
悠介　俺は、親父が病気だっていうから、来てやったんだ。それなのに、これは何だ？　まだピンピンしてるじゃないか。
康介　確かに、見た目はそうかもしれない。でも——
義正　康介、よせ。客がいるんだ。
康介　客？ (光紀を見る)
悠介　親父の友達だとさ。かわいそうに、こんなガキにしか相手にしてもらえないらしい。

そこへ、美千代が戻ってくる。

美千代　何よ。二人とも来てたの？
悠介　美千代、俺を騙そうって言い出したのはおまえか。
美千代　私は別に騙そうなんて……。
康介　(悠介に) 姉さんは嘘なんかついてない。父さんは本当に病気なんだ。
悠介　デタラメを言うな。真っ昼間から酒盛りをする病人がどこにいる。

美千代　百歩譲って、嘘だったとしましょう。でも、兄さんは家に帰ってきた。それは、お父さんが心配だったからでしょう？　兄さんが家を飛び出してから、もう十五年になる。そろそろ仲直りをしてもいい頃じゃない。

悠介　誤解するなよ。俺がここに来たのは、遺産をもらうためだ。

康介　何だよ、遺産て。

悠介　次回作の資金が足りなくてな。親父が死ねば、この家の三分の一は俺のものになる。

義正　残念だが、俺には当分、死ぬ予定はない。

悠介　だったら、生前分与って方法がある。こんなボロ家でも、売れば多少の金になるだろう。

義正　いい加減にしろよ、悠介。

悠介　俺は正当な権利を要求してるだけだ。いくら追い出されたとは言え、戸籍上は立派な親子だからな。

康介　追い出されたんじゃない。兄さんが勝手に出ていったんじゃないか。せっかく医学部に入ったのに、無断で中退して。

悠介　代わりにおまえが医者になった。親父はそれで満足だろう。

康介　簡単に言うなよ。俺がどれだけ苦労したと思ってるんだ？　俺は兄さんみたいに頭がよくなかった。だから、死に物狂いで勉強したんだ。

悠介　そいつは大変だったたな。それとも、よく頑張ったたって褒めてほしいのか？

美千代　兄さん、もうやめて。

義正　悠介、この家は、俺が死ぬまで、絶対に売らない。

悠介　そう言わずに、頼むよ。今度のシナリオは出来がいいんだ。賞を獲ったヤツより、いい映画が撮れそうなんだ。

義正　おまえがどんな映画を作ろうと、俺には関係ない。

悠介　十五年前と同じだな。あの時も、映画なんかくだらない、そう言って、頭から否定した。

光紀　医者がそんなに偉いか？　こんなガキしか来ないような病院に、何の価値があるんだ。

悠介　うるさい！　そんなに映画が好きなら、自分のお金で作ればいいだろう！

光紀　おまえは黙ってろ。

悠介　この家は、先生にとって、大切な場所なんだ！　そんなことも知らないくせに、勝手なことを言うなよ！

義正　黙れ。ガキのくせに、他人の問題に口を出すな。

悠介　悠介、勘違いするな。俺にとって、赤の他人はおまえの方だ。

義正　そうか。だったら、潔く諦めるとしよう。邪魔したな。

悠介が去る。

美千代　兄さん、待って！

義正　やめろ、美千代。あいつのことは放っておけ。

美千代　私はいや。お父さんだって、本当は仲直りしたいくせに。

康介　姉さんの気持ちはわかるけど、今の兄さんに何を言っても、無駄だよ。頭の中には映画のことしかない。父さんのことなんか……。

美千代　でも、もう時間がないのに。

光紀　あの……。

美千代　何？

光紀　先生は病気なんですか？

義正　（笑って）おまえ、こいつらの話を本気にしたのか？　バカなやつだな。全部、嘘。悠介をここに来させるための嘘だ。

光紀　でも、今、時間がないって。

義正　俺は今年で六十五だ。おまえに比べたら、間違いなく時間がない。そうだろう？　さあ、もう家に帰れ。遅くなると、姉ちゃんに怒られるぞ。

光紀　余計なお世話だよ。

義正　ありがとうな、坊主。俺の味方をしてくれて。

光紀　また明日。（美千代と康介に）お邪魔しました。

光紀が去る。

美千代　（義正に）あの子、本当にお父さんの友達だったのね。でも、どうやって仲良くなったの？

義正が胸を押さえて、うずくまる。

康介　父さん！

美千代　（義正に）苦しいの？　大丈夫？

康介　姉さん、病院に連絡して。早く！

美千代が走り去る。康介が義正を支えて、去る。

6

記実子がやってくる。封筒を持っている。

記実子　お父さん？　お父さん？

そこへ、貴世誌がやってくる。譜面を持っている。

貴世誌　お帰り、記実子。今日はおまえにプレゼントがあるんだ。
記実子　誕生日でもないのに？
貴世誌　（譜面を差し出して）ほら、見ろ。マーラーの交響曲第一番だ。
記実子　これを私にしまえって言うのね？
貴世誌　騙されたと思って、やってみろ。オーケストラが響く瞬間は最高だぞ。作曲家や演奏者の感情がガンガン伝わってきて。

そこへ、里子がやってくる。

里子　あなた、自分の趣味を記実子に押しつけないでって言ったはずよ。
貴世誌　誰が押しつけた。これは単なるプレゼントだ。受け取ってくれ、記実子。
記実子　ごめん。私、次に何をしまうか、もう決めてあるんだ。
里子　何何？
記実子　シェイクスピアを、今度は原文で。英語の勉強にもなると思うから。
里子　（貴世誌に）振られちゃったみたいね。
貴世誌　昔はニッコリ笑って、受け取ってくれたのに。時の流れって残酷だな。
記実子　そうだ。（貴世誌に封筒を差し出して）これ、お父さんに手紙。遠山一郎って人から。
里子　あら、ツル先生から？
貴世誌　珍しいな。どれどれ。（記実子の手から封筒を取る）
記実子　（里子に）ツル先生って、誰？
里子　常野の人よ。もう二十年近く会ってないけど。
貴世誌　里子、大変だ。至急、金沢に来てくれってさ。
里子　新しい仕事？
貴世誌　ああ。二週間、できれば、一週間以内に来てほしいそうだ。俺の方は何とかなると思うけど、おまえは？
里子　何とかするしかないじゃない。ごめんね、記実子。また引っ越しだって。
記実子　私のことは気にしないでよ。今度は金沢か。かぶら寿司が楽しみだな。

そこへ、光紀がやってくる。

光紀　ただいま。
記実子　あんた、どこに寄り道してたの？
光紀　友達の家。一緒に宿題をやってたんだ。
記実子　嘘ばっかり。また、猪狩先生の所に行ってたんでしょう？
光紀　姉さん、尾行してたのか？
記実子　ほら、やっぱり。
貴世誌　光紀、母さんから聞いたぞ。おまえは母さんと約束したんだろう？　猪狩先生には二度と会わないって。
光紀　約束なんかしてないよ。それに、先生とは友達になっちゃったし。
記実子　何、バカなことを言ってるのよ。あんなお年寄りが小学生と友達になるわけないでしょう？
光紀　でも、先生がそう言ったんだ。（歩き出す）
里子　光紀、ここに座って。（椅子を示す）
光紀　どうして？
里子　いいから、座りなさい。早く。

光紀が椅子に座る。里子が貴世誌の手から手紙を取る。

里子 （光紀に）この手紙をくれたのは、遠山一郎って人。私たちはツル先生って呼んでる。小学校の先生で、かなりのおじいちゃん。見かけは九十歳ぐらいかな。でも、本当はもっとずっと年を取ってるの。

貴世誌 （光紀に）先生が生まれたのは、江戸時代だ。若い頃、平賀源内に会ったことがあるそうだ。

記実子 源内って、十八世紀の人だよね？　てことは、もう二百歳以上？

里子 （光紀に）今から五十年前、先生は山奥の学校で教えてた。常野の子供だけが集まった学校。その中に、遠目の子がいてね。「何か黒いものが来る」って、毎晩、夢でうなされてたの。すると、別の子がお祈りを考えた。子守歌代わりに、毎晩、みんなでそのお祈りを唱えたの。

貴世誌 （光紀に）「僕たちは光の子供だ。どこにでも、光はあたる」。

里子 （光紀に）常野の人間なら、大抵知ってる。とっても素敵なお祈りよ。そんなある日、遠耳が先生を訪ねてきた。「東京の仲間が次々に姿を消している。どうやら、軍隊で実験に使われているらしい。残った仲間が怯えてるから、励ましに来てくれないか」って。

記実子 それで、東京へ行ったの？　子供たちを残して？

貴世誌 先生は足も速いんだ。仙台から東京までなら、一日で走れる。

里子 （光紀に）ようやく東京に辿り着いた時、遠耳が「戻りましょう」って叫んだ。「学校が軍

記実子　隊に囲まれてる。子供たちの悲鳴が聞こえる」って。先生は全速力で戻った。でも、間に合わなかった。校舎は炎に包まれてた。

里子　軍隊がやったの？　どうして？

光紀　子供たちを校舎の中から出てこさせるためよ。でも、子供たちは出なかった。校舎が燃え尽きるまで。

里子　そんな話、もう聞きたくない。

光紀　そう言わずに、最後まで聞いて。常野の人間には異常な力がある。その力を使えば、いろんなことができる。人を殺すことも、よその国を滅ぼすことも。だから、たくさんの人に狙われてるの。

里子　でも、それは昔の話だろう？

光紀　どんなに時間が経っても、油断はできない。私たちが常野の人間だってことがバレたら、また誰かに狙われるかもしれない。だから、今度こそ約束して。猪狩先生には二度と会わないって。

貴世誌　約束できるよな、光紀？

記実子　（光紀に）ほんの一週間の辛抱よ。来週になったら、金沢に引っ越すんだから。

光紀　また？　ここに来て、一カ月しか経ってないのに。

貴世誌　父さんと母さんには、やらなくちゃいけない仕事がある。俺たちにしまわれるのを待ってる人がいるんだ。

光紀　だったら、二人だけで行けばいいじゃないか。

記実子　私はお父さんたちと一緒に行くよ。あんた一人で、どうやって食べていくつもり？

里子　（光紀に）今のあなたには辛いかもしれない。でも、常野の人間はずっとこうやって生きてきたの。何百年も何千年も前から。だから、我慢して。

光紀　イヤだ。

貴世誌　光紀。

光紀　先生は怪我を直してくれた。平家の暗誦を聞いて、褒めてくれた。僕のこと、友達だって言ってくれたんだ。

光紀が走り去る。

記実子　光紀、待ちなさい！

光紀を追って、記実子も走り去る。反対側へ、里子と貴世誌が去る。遠くに、悠介がやってくる。紙の束を持っている。

悠介　彼らの足跡を辿るうちに、様々な事実が明らかになった。彼らが暗記しているのは、古典文学だけではなかった。現代小説から学術書までのありとあらゆる本、雑誌、新聞、地図、映画、音楽。人間が見たり聞いたりするものなら、何でも記憶できるのだ。そして、今から一年前、ある人物から信じられない話を聞いた。彼らは人間そのものも記憶できると。

臨終間近の人間に体に触れて、その人間の一生分の記憶を記憶する。しかも、一瞬で。その話を聞いた時、俺は危うく叫び出しそうになった。俺が彼らに引きつけられた理由がようやくわかったのだ。

悠介が去る。

7

美千代・光紀・記実子がやってくる。美千代は紙袋を持っている。

記実子　猪狩先生が入院？
美千代　光紀君が帰った後、急に具合が悪くなってね。弟が勤めてる病院に連れていったの。
記実子　退院はいつ頃になりそうですか？
美千代　わからない。とりあえず一週間て言われたから、一週間分の着替えを取りに来たの。
光紀　教えてください。先生は死ぬんですか？
美千代　バカなことを言わないで。あんな元気な人が死ぬと思う？
光紀　思わない。でも、みんな、おかしいよ。何だか、僕に隠し事をしてるみたいで。
美千代　それはあなたの思い過ごしよ。じゃ、私は病院に戻るから。
記実子　私たちも連れていってください。
美千代　どうして？
記実子　会いたいんです。先生に。（光紀に）あんたも一緒に行くよね？
光紀　いいの？

記実子　お母さんたちには、私が説明する。（美千代に）お願いします。
美千代　わかった。私の車に乗って。

美千代・光紀・記実子がベッドに歩み寄る。ベッドでは義正が眠っている。横に康介が立っている。

康介　姉さん、兄さんと連絡は取れた？
美千代　駄目。何回電話しても、出ない。留守番電話にメッセージを入れておいたけど、返事はまだ。
康介　ちゃんと言ったのか？　一週間が限界だって。
記実子　限界って？
美千代　康介。
康介　今さら隠しても、仕方ないだろう？（記実子に）父の容態はかなり悪い。もっても、あと一週間てところだと思う。
記実子　先生はどこが悪いんですか？
美千代　膵臓よ。半年前に、腫瘍が見つかったの。すぐに手術をしたけど、もう手をつけられない状態で。そのことがわかると、父は家に帰るって言い出した。死ぬ時は、自分の家にいたいって。
光紀　でも、猪狩先生はそんなこと、一言も……。
記実子　わからないの？　あんたに心配をかけたくなかったのよ。

義正が目を開けて、起き上がろうとする。

康介　父さん、無理をしないで、寝てた方がいい。
義正　つべこべ言わずに、手伝え。（康介に支えられて、上半身を起こす）
光紀　先生……。
義正　よく来てくれたな、坊主。
光紀　バカだな、先生は。お酒ばっかり飲んでるから、こういうことになるんだよ。ゆっくり休んで、元気になってよ。
義正　わかった。努力しよう。
光紀　家のことなら、心配しなくていいよ。今日から、僕が住むから。
記実子　何ですって？
光紀　（義正に）毎日、きちんと掃除する。悠介さんが来ても、絶対に中に入れない。だから、安心して。
記実子　そんなこと、お母さんたちが許すと思う？
光紀　母さんたちは関係ない。僕はこれからずっと先生の家で暮らす。金沢には行かない。
美千代　あなたたち、金沢に引っ越すの？
記実子　ええ。でも、この子はいやがってて。光紀、ワガママを言うんじゃないの。
光紀　ワガママは母さんたちの方だろう？　二人とも、仕事のことしか考えてない。僕の意見は

義正　聞こうともしないじゃないか。
康介　なるほどな。大人の都合で振り回されるのが、悔しいのか。
光紀　（光紀に）だからって、父の家に住むのはどうかと思うな。父だって、いつ退院できるか、わからないし。
義正　だったら、ここにいる。先生のそばにいる。
光紀　坊主。逃げてばかりじゃ、何も変わらないぞ。
義正　僕は逃げてない。
康介　いや、逃げてる。俺と暮らしたいなんて言い出すのが、いい証拠だ。自分を認めてほしかったら、まずは相手を認めろ。（俯く）
記実子　父さん、もうしゃべらない方がいい。しばらく、横になろう。
光紀　光紀、帰ろう。
美千代　でも……。
義正　（光紀に）父を休ませてあげて。お願い。
光紀　（胸を押さえて、突っ伏す）
　先生！　先生！

光紀が義正の手を握る。その瞬間、光紀の体が凍りつく。

記実子　どうしたの、光紀？

光紀　……眩しい。真夏の空だ。
記実子　空って、まさか……。
光紀　見えるんだ。先生が見てきた景色が。

義正が上半身を起こす。そこへ、里子・貴世誌・今枝がやってくる。

里子　義正君、久しぶり。私のこと覚えてる？　ほら、お父さんのすぐ下の妹。あんたが独りぼっちになったって聞いて、仙台から迎えに来たの。ひどい空襲だったんだってね。あんただけでも、助かってよかった。
貴世誌　（義正に）そうか。義正君は医者になりたいのか。やっぱり、義兄さんの跡が継ぎたいんだな？　わかった。学費は出してやろう。しかし、一つだけ条件がある。卒業したら、必ず仙台に帰ってくること。
記実子　（義正に）ほら、見て。笑ってる。やっぱり、あなたに似てるみたい。何？　悠介もお医者さんにするの？　あなたったら、気が早いわよ。私？　私は　この子がやりたいことをやってほしい。それがお医者さんなら、うれしいけど。
今枝　（義正に）悠介君の成績なら、どこの大学でも入れると思います。ただ、本人は芸術学部を希望してるんですよ。そうだよね、悠介君？　あ、ちょっと待ってください、お父さん。そんなに頭ごなしに叱らなくても。
美千代　（義正に）お父さん、元気を出して。お母さんはお父さんと結婚して、幸せだったと思う。

康介　今頃、きっと感謝してるよ。家のことは私に任せて。そりゃ、お母さんみたいにはできないだろうけど、私も頑張るから。
（義正に）大学に電話したら、もう半年も来てないって。兄さんはやっぱり、辞めるつもりなんだよ。大丈夫だよ。父さんの跡は俺が継ぐ。俺だって、これから必死で勉強すれば、医学部に行けるさ。

そこへ、悠介がやってくる。

悠介　（義正に）今日、退学届を出してきた。これからは、俺のやりたいことをやる。あんたの指図は受けない。俺は子供の頃から映画が好きだったんだ。たとえ一生かかっても、構わない。俺は俺の撮りたい映画を撮る。
義正　おまえは、自分が幸せになれれば、それでいいのか。
悠介　その言葉、そっくりそのままお返しするよ。あんたは自分が幸せになれれば、それでいいのか？　俺を医者にしようとしたのは、俺のためのじゃない。あんたが満足したかっただけだろう？
義正　医者は、世の中の役に立つ、立派な仕事だ。映画が何の役に立つ。
悠介　あんたにはわからないだろうな。一本の映画が、どれだけたくさんの人の心を癒すか。無理やり医学部に行かされて、俺は何度も生きるのがイヤになった。それでも、死ぬのを思い止まったのは、映画のおかげなんだ。

義正　俺は、おまえに立派な人間になってもらいたかった。
悠介　俺はあんたの人形じゃない。俺の人生は俺のものなんだ。
義正　だったら、出ていけ。おまえはおまえの道を進むがいい。
悠介　言われなくても、そうするさ。

悠介が去る。フィルムが回る音。義正が正面を見つめる。

光紀　……ここはどこ？　……映画館？

フィルムが回る音が次第に大きくなり、やがて途切れる。義正が突っ伏す。光紀が俯く。

記実子　光紀、大丈夫？
光紀　姉さん、僕、先生をしまったみたい。

光紀が気を失う。記実子を残して、全員が去る。

8

記実子がポケットから紙切れを取り出して、読む。

記実子　「僕たちは、光の子供だ。どこにでも、光はあたる。光のあたるところには草が生え、風が吹き、生きとし生けるものは呼吸する。でも、誰かのためにでもないし、誰かのおかげというわけじゃない。僕たちは、無理やり生まれさせられたのでもなければ、間違って生まれてきたのでもない。それは、光があたっているということと同じように、やがては風が吹き始め、花が実をつけるのと同じように、そういうふうに、ずっとずっと前から決まっている決まりなのだ」

そこへ、里子と貴世誌がやってくる。二人とも、ダンボール箱を持っている。

里子　記実子、何を読んでるの？
記実子　これ、ツル先生の生徒が作ったお祈りだよね？（紙切れを差し出す）
貴世誌　（受け取って）ああ、そうだ。父さんがしまった人の日記に挟んであったんだ。どこにあ

記実子　った？

里子　トイレ。

貴世誌　（貴世誌に）あなた、人からお預かりしたものは、きちんと管理して。

里子　わかってるよ。じゃ、俺は光紀の様子を見てくる。

貴世誌　また？　さっき見てきたばっかりじゃない。

記実子　心配なんだよ。だって、今日でもう五日目だぞ。

　　そのうち、ケロッと起きてくるよ。私だって、初めて響いた時は、二日も寝込んだじゃない。

里子　（貴世誌に）光紀は生まれて初めて人をしまったのよ。おまけに、生まれて初めて響いた。回復するのに時間がかかるのは、当然でしょう？

貴世誌　わかってるよ。でも、光紀がいないと、男は俺一人じゃないか。何だか、肩身が狭くて。

　　そこへ、光紀がやってくる。

光紀　おはよう。

貴世誌　光紀！　いきなり起きて、大丈夫なのか？　おまえ、五日も寝てたんだぞ。

光紀　先生は？　先生はどうしてる？

里子　猪狩先生は亡くなった。あなたが寝てる間に。

光紀　嘘だ。

里子　残念だけど、本当よ。あなたと話をした後、昏睡状態に陥って、そのまま息を引き取ったの。最期は笑顔だったそうよ。
貴世誌　（光紀に）苦しまずに済んで、よかったじゃないか。それより、おまえ、腹が減ってるだろう？　今、父さんがおじやを作ってやるからな。
記実子　（光紀に）食事が済んだら、自分の荷物をまとめてよね。
光紀　どうして？
記実子　この前、話をしたでしょう？　金沢に引っ越すのよ。出発は明日の朝。
光紀　僕、先生の家に行ってくる。
里子　今日は、外出は禁止。家でじっとしてなさい。
光紀　でも、今、行かないと、手遅れになるかもしれないんだ。（走り出す）
里子　待ちなさい、光紀。（光紀の手をつかむ）
光紀　行かせて、母さん。これは、僕にしかできないことなんだ。
里子　……わかった。でも、あなたの力のことは絶対に話さないで。
光紀　約束する。

光紀が走り去る。後を追って、記実子も去る。

貴世誌　どうした、里子。
里子　見えたのよ、光紀のしまったものが。猪狩先生の記憶が。

貴世誌　今、光紀の手をつかんだ時だな？　ずるいぞ、自分だけ。
里子　私が見ようとしたんじゃないの。あの子が見せてくれたのよ。
貴世誌　光紀が？　あいつ、そんなことまで出来るようになったのか？
里子　思ってた通りね。あの子の引き出しは誰よりも大きい。だから、誰よりも成長が速いのよ。

里子と貴世誌が去る。悠介と美千代がやってくる。反対側から、康介がやってくる。

康介　兄さん、今頃、何しに来たんだよ。
悠介　すまなかったな、遅くなって。
美千代　(康介に) 撮影の準備で、ローマに行ってたんだって。お父さんのことは、帰国してから知ったのよ。
康介　(悠介に) お通夜も告別式も全部終わった。兄さんのすることはもう何もない。
悠介　わかってる。でも、せめて線香だけでも上げさせてもらおうと思って。
康介　嘘つけ。兄さんは遺産がほしくて来たんだ。そうだろう？
美千代　康介、やめなさい。
康介　(悠介に) 残念だけど、この家は売らないからな。来年、研修が終わったら、俺はここに戻る。戻って、猪狩医院を継ぐ。
悠介　そうか。おまえが継げば、親父も喜ぶだろう。
康介　悪いけど、帰ってくれないか。兄さんには中に入ってもらいたくないんだ。

悠介　わかった。ここには二度と顔を出さない。約束しよう。

悠介が歩き出す。そこへ、光紀と記実子が走ってくる。

光紀　悠介さん、帰らないで。
悠介　そこをどけ。
光紀　悠介さんに見てほしいものがあるんだ。あと五分だけ、ここにいて。
悠介　どけと言ったのが聞こえなかったのか?
記実子　そう言わずに、この子の頼みを聞いてやってください。お願いします。
悠介　おまえは誰だ。
美千代　光紀君のお姉さんよ。光紀君、兄さんに見てほしいものって何?
光紀　宝物だよ。先生の。
康介　父さんの?　それって、もしかして、お酒のことかな?
光紀　違うよ、カバンだよ。(両手を広げて)これぐらいの大きさの。
康介　(美千代に)父さん、そんなカバン、持ってたっけ?
美千代　私は見たことない。(光紀に)あなたはそれをどこで見たの?
光紀　わからない。でも、この家のどこかにあるんだ。悠介さん、一緒に探してよ。
悠介　この前会った時と、ずいぶん態度が違うな。
光紀　あの時は知らなかったんだ。先生が待ってたなんて。

悠介　待つって、誰を。

光紀　先生は、祐介さんが帰ってくるのをずっと待ってたんだ。悠介さんに会いたかったんだ。

康介　父さんがそう言ったか？

光紀　先生は悠介さんと仲直りしたかったんだ。

悠介　デタラメを言うな。

光紀　デタラメじゃない。あの時、僕がいなければ、そうすれば、仲直りできたんだ。僕は先生の味方をしてるつもりだった。でも、間違ってた。先生の邪魔をしてただけなんだ。

記実子　先生の宝物を見れば、それが証明できるの？

光紀　うん。

記実子　（悠介に）お願いします。この子の言う通りにしてやってください。

康介　でも、うちにはそんなカバン、ないんだよ。

記実子　光紀、そのカバンの周りには何があった？

光紀　（目を閉じて）……窓。遠くの方に、海が見える窓。

美千代　（康介に）もしかして、離れじゃない？　昔、兄さんが使ってた。

康介　あそこは物置になってるんじゃなかったっけ？

美千代　そうよ。お父さんが入院した時、離れにあるものは全部処分しろって言ってた。その中にあるのかもしれない。光紀君、どう？

記実子　とにかく、そこへ連れていってください。

五人が離れの中に入る。光紀が大きなトランクを指差す。

記実子　光紀、あのトランク？
光紀　そうだよ。宝物はあの中に入ってる。
康介　父さんが若い頃、使ってたものだ。まだ捨ててなかったんだな。（トランクの蓋を開ける）
美千代　（トランクの中を見て）それ、ビデオテープ？
康介　ああ。（トランクからビデオテープを数本取り出して）『鳩笛』『冬の休暇』『小さなコクリコのように』。
美千代　信じられない。みんな、兄さんの映画よ。（悠介に）そうよね？
悠介　なぜそんな物が。
美千代　こっちはスクラップブックね。（取り出して、開き）凄い。映画のチラシやチケットが丁寧に貼ってある。兄さんの作品ばっかり。
康介　父さんが映画館に行ったってことか？　まさか、あの父さんが。
美千代　でも、ほら、チケットの横に書いてある字。これ、お父さんの字じゃない。
康介　（見て）本当だ。（読んで）「欲張り過ぎ。海辺のシーンのみ丸」。どういう意味だ？
美千代　わからない？　お父さんの感想よ。
悠介　貸せ。（美千代の手からスクラップブックを取って）「なっちゃいない。サエコの気持ちが伝わらない」。
美千代　どう、兄さん？　お父さんの意見は。

悠介　うるさい。

美千代　当たってるみたいね。

悠介　（スクラップブックを捲って）親父のヤツ、文句ばっかり書きやがって。

康介　（見て）驚いたな。これなんか、東京まで見に行ってる。

悠介　渋谷のミニシアターでやったヤツだ。全然、客が入らなくて、二週間で打ち切りになった。

美千代　全部、見たのよ。兄さんの映画は一つ残らず。

記実子　（トランクの中を指差して）もう一冊、ありますよ。スクラップブックが。

美千代　（トランクの中を見て）本当だ。こっちはまだ新しい。（トランクから別のスクラップブックを取り出して）兄さん、見て。この前、賞を撮った映画。ちゃんと感想も書いてある。

悠介　（読んで）「言うことなし」……。

光紀　悠介さん、次のページも見て。次のページで最後なんだ。

悠介　（美千代の手からスクラップブックを取って、ページを捲る）

康介　（見て）新聞の切り抜きか。

美千代　（読んで）「猪狩悠介監督、アルコバレーノ映画祭で審査員特別賞を受賞」ここにも、お父さんの字。

記実子　何て書いてあったんですか？

康介　兄さん、読めよ。

悠介　（読んで）「おめでとう」。

悠介がスクラップブックを胸に抱いて、泣く。美千代と康介も泣く。

記実子　「僕たちは、無理やり生まれさせられたのでもなければ、間違って生まれてきたのでもない」

光紀　「それは、光があたっているということと同じように、ずっとずっと前から決まっている決まりなのだ」

記実子　「僕たちは、光の子供だ」

光紀　姉さん。僕、ちゃんと伝えられたかな？

記実子　（頷く）

記実子・悠介・美千代・康介が去る。今枝がやってくる。

今枝　春田君、大丈夫なの？　風邪で寝込んでるって聞いたけど。

光紀　もうすっかり元気です。心配かけて、すみませんでした。

今枝　今日でお別れだなんて、淋しいな。春田君とはもっと話がしたかったのに。

光紀　（ポケットから紙を取り出して）これ、宿題の作文です。（差し出す）

今枝　（受け取って）嘘。書いてきてくれたの？（読んで）「僕の夢、春田光紀」

光紀　あ、声に出して、読まないで。

今枝　いいじゃない、ここには先生しかいないんだから。「僕の夢は、お父さんやお母さんみたいに、いろんな場所に行ける仕事をすることです。いろんな場所に行けば、いろんな人に会えます」。

光紀　それぐらいで、勘弁してください。

今枝　いろんな人に会える仕事か。なかなかいいと思うよ。でも、具体的には何だろう。新聞記者？　カメラマン？

光紀　それは、これから探します。

そこへ、記実子・里子・貴世誌がやってくる。

記実子　光紀！

貴世誌　（光紀に）挨拶は済んだか？　そろそろ、出発するぞ。

里子　今枝先生、短い間でしたけど、いろいろお世話になりました。

今枝　こちらこそ。春田君、手紙をちょうだいね。思い出した時でいいから。

光紀　はい。僕は忘れないんです。

里子と貴世誌が去る。反対側へ、今枝が去る。

9

記実子　それで、あの後、今枝先生には手紙を書いたの？
光紀　金沢に着いて、すぐ。でも、その一回だけだよ。何度も送ったら、変に思われるし。
記実子　先生はもう忘れてるだろうね。あんたのこと。
光紀　仕方ないよ。あの学校には一カ月しかいなかったんだから。（窓の外を見て）あ。
記実子　どうしたの？
光紀　見ろよ、姉さん。さっきの子供が作ったんだよ。
記実子　（窓の外を見て）大きなお城。いつの間に、あんなに大きなものを。
光紀　どこに行っちゃったのかな？　誰かに壊されても、知らないぞ。（カメラを向けるが、シャッターを押さない）
記実子　撮らないの？
光紀　お父さん、迎えに来てくれたのかな？
記実子　当たり前じゃない。今頃は、二人でアイスでも食べてるよ。きっと。

そこへ、悠介がやってくる。ノートと紙の束を持っている。

悠介　待たせたな。

光紀　凄い量ですね。それ、全部、脚本ですか？

悠介　（紙の束の一つを示して）脚本はこれだけだ。後は、俺が集めた、常野の一族に関する資料。映画の題材は、とことん調べないと、気が済まない質でね。

光紀　ちょっと見てもいいですか？

悠介　そのつもりで持ってきたんだ。（ノートを光紀に渡して）最後のページを見てくれ。写真が二枚、貼ってあるだろう。

光紀　（見て）これはお寺ですね？　それから、こっちは……。

記実子　（見て）書見台？

悠介　去年の今頃、ロケハンで青森の寺に行った。その時、世話になった住職が見せてくれたんだ。明治時代に、ある家族が滞在して、宿泊費の代わりに置いていったらしい。その家族の名字は春田。君たちと同じなんだ。

記実子　春田なんて名字、珍しくも何ともないですよ。

悠介　その春田家の滞在中、法事に来た老人が急死した。葬儀の後、春田家の父親が言った。亡くなった老人は、趣味で集めた日本画を、地元の美術館に寄付するつもりだったと。父親は、日本画の種類も枚数も、老人がいつ、どこで手に入れたかも知っていた。まるで、老人の人生を見てきたかのように。おかしな話だと思わないか？

記実子　思いません。亡くなる前に、本人から聞いたんでしょう？

悠介　それはありえない。老人は寺に着いて、すぐに亡くなったんだ。

光紀　（ノートを読んで）「住職が出した結論はこうだ。春田家の人々は他人の人生を丸ごと記憶することができる。臨終の瞬間に、相手の人生を引き受けるのだ」。

悠介　それで、やっとわかった。十五年前、君がなぜあのトランクの存在を知っていたのか。君は親父の人生を記憶したんだ。親父が死んだ時に。

記実子　違います。あのトランクは、猪狩先生が亡くなる前に見せてもらったんです。そうよね、光紀？

光紀　姉さん、もういいよ。正直に認めよう。

記実子　光紀。

光紀　悠介さんの言う通りです。俺は先生の人生をしまいました。

記実子　あんた、どういうつもりなの？

光紀　（悠介に）俺は正直に認めました。だから、悠介さんにも正直に話してほしい。なぜ常野の映画を作るのか。

悠介　決まってるじゃないか。世の中の常識を引っ繰り返すんだ。

光紀　常識を引っ繰り返す？

悠介　君たちは今の世の中を見て、何とも思わないのか？　どいつもこいつも、自分にしか興味がない。そこそこ働いて、そこそこ稼いで、あとは携帯でメールを打つか、ネット・サーフィン。半径一メートルの現実しか見ていない。そんなヤツらに、この映画を突き付けて、アッと言わせてやるんだ。本当の現実は、目に見えるものだけじゃないってことをわからせてやるんだ。

記実子　ずいぶん傲慢な物言いですね。まるで、どこかの政治家みたいです。

悠介　バカにする前に、脚本を読んでくれ。君たちをモデルにした人物も出てくる。もちろん、実名は一切出してない。

記実子　でも、もし私たちを知ってる人が見て、気がついたら。

悠介　確かに、その可能性は否定しない。しかし、その時はその時だ。無視するもよし、堂々と名乗り出るもよし。

記実子　冗談じゃない。そんなことになったら、私たちは生きていけない。

悠介　大袈裟なことを言うなよ。せいぜいマスコミが群がるだけだろう。

記実子　あなたには何もわかってない。私たちがなぜ力を隠して生きてるのか。

悠介　他のヤツらに差別されたくないからだろう。それとも、力を安売りしたくないからか？

光紀　悠介さん、姉の言ったことは本当です。あなたが映画を作ったら、俺たちは死ぬ。

悠介　そんな話、俺が信じると思うか？

光紀　口で言っても、信じないでしょうね。だったら、見てもらうしかない。

　光紀が悠介の手を握る。遠くに、里子と貴世誌がやってくる。

里子　あなた、もっとスピードを出して。

貴世誌　無理だ。これ以上出したら、ガードレールに衝突する。

里子　でも、すぐそこまで来てるのよ。
貴世誌　諦めよう、里子。事故で死ぬより、つかまる方がマシだ。
里子　つかまったら、どうなるの？　記実子と光紀に会えなくなるのよ。
貴世誌　それはまだわからない。生きていれば、いつかは。
里子　あの子たちはまだ子供なのよ。私たちナシで、どうやって生きていくの？
貴世誌　クソー、追いつかれる。
里子　記実子！　光紀！

車が急ブレーキをかける音。何かに衝突する音。里子と貴世誌が去る。

光紀　（悠介の手を放して）病院に駆けつけた時、父は既に亡くなっていました。母も心臓が停止する寸前。俺がしまうと同時に、息を引き取りました。
悠介　いつの話だ。
光紀　仙台を出てから、三年後。俺が中学一年の時です。
悠介　ご両親を追っていたのは、何者なんだ。
光紀　わかりません。でも、日本人ではなかったようです。もし捕まっていたら、一生帰ってこられなかったと思います。
記実子　（悠介に）これでも、私が大袈裟だと思いますか？
悠介　君たちが言いたいことはわかる。しかし、映画が公開されて、君たちが有名になれば、下

記実子　手に手出しが出来なくなるはずだ。
悠介　一年か二年はね。でも、ほとぼりが冷めたら？　あなたが守ってくれますか？　お願いです。私たちを映画にするのはやめてください。
光紀　即答はできない。しばらく考えさせてくれ。
記実子　わかりました。帰ろう、姉さん。
　バカなことを言わないで。この人は、私たちの話を聞く気なんかない。あくまでも、映画を作るつもりよ。
光紀　決めつけるのはよくないよ。悠介さんは、考えるって言ったんだ。答えが出るのを待とうじゃないか。
記実子　それで、私の言う通りになったら？
光紀　その時はその時さ。
記実子　あんたは甘い。そのせいで危ない目に遇っても、助けてあげないからね。（歩き出す）
光紀　どこに行くの？
記実子　帰るのよ。あんたが言い出したんでしょう？
光紀　俺を置いていくなよ。（悠介に）それじゃ。
悠介　あの時はありがとう。
光紀　あの時って？
悠介　親父のトランクだ。見せてくれて、ありがとう。今頃礼を言うなんて、間抜けな話だが。
光紀　あれはあなたのためじゃない、先生のためにしたことです。先生は俺にとって、生まれて

悠介　初めてできた友達だったんです。

光紀　友達か。親父のこと、時々、思い出してやってくれ。
知ってるでしょう？　俺は忘れないんです。

光紀と記実子が去る。悠介が紙の束を見つめる。そして、紙の束を引き裂く。

〈幕〉

裏切り御免！

I AM A BETRAYER

登場人物

立川迅助　（新選組隊士）
坂本竜馬　（土州浪人）
奥村大治郎　（武州浪人）
笠原進八　（武州浪人）
須田幹兵衛　（土州浪人）
荒井藤太　（武州浪人）
美里　（大治郎の妻）
るい　（団子屋「華屋」女将）
升三　（るいの夫）
もん　（薬種問屋「泉州屋」女中）
梅　（薬種問屋「泉州屋」内儀）
ゆきの　（梅の長女）
あやの　（梅の次女）
三吉慎蔵　（長州藩士）
山崎丞　（新選組隊士）

1

慶応二年一月二十三日夜。伏見にある、材木置き場。

呼子笛の音。三吉慎蔵が走ってくる。立ち止まって、周囲を見回す。そこへ、坂本竜馬がやってくる。

竜馬は浴衣姿。三吉は、竜馬の背後を伺い、再び先に向かって走り出す。

竜馬　のう、三吉さん。ちくと休んでいかんかよ。
三吉　（立ち止まって）じゃけど、追手が。
竜馬　どうも頭がふらふらするきに。休まんと、これ以上、走れんぜよ。
三吉　わかりました。寺田屋から、五丁は走りましたけえね。
竜馬　すまんのう。（と左手を押さえて、ひざまずく）
三吉　どねえしたんです、坂本さん。（竜馬の左手を見て）えらい血が出ちょる。
竜馬　さっき、捕り方の刀をピストルで受けたがよ。あん時に切れたんじゃ。大したことはないと思うちょったが。
三吉　こりゃあいけん。親指がほとんど取れそうになっちょる。
竜馬　道理で痛いはずじゃ。じゃけど、わしに撃たれた男はもっと痛かったろうのう。いや、痛

三吉　いと思うちょる暇もなかったか。まっこと、馬鹿なことをしてしもうた。胸じゃのうて、足を狙うべきじゃった。
竜馬　仕方ないですよ。いきなり、あんとな人数で襲われたら。
　　　寺田屋の外も、捕り方だらけじゃったのう。わしごときのために、大層な真似をするもんじゃ。
三吉　それだけ大切なお人じゃっちゅうことです。我々長州藩にとっても、薩摩藩にとっても。
竜馬　さて、ぼちぼち行くかよ。（と歩き出すが、すぐによろける）
三吉　坂本さん！
竜馬　まずいのう。足が言うことを聞いてくれん。（と座り込む）

　　　呼子笛の音。

三吉　（刀に手をかけて）坂本さん、ここで腹を斬りましょう。
竜馬　腹を？
三吉　我々は武士です。敵の手にかかって死ぬよりは、潔く自裁しましょう。
竜馬　（笑って）すぐに死にたがるのは、侍の悪い癖ぜよ。
三吉　じゃけど。
竜馬　わしゃ断るきに。この一年、日本中を駆けずり回ったのは、何のためじゃ。薩摩と長州に同盟を結ばせるためじゃろうが。それをようやく成し遂げて、さあこれからっちゅう時に、

三吉　なんで死なねばならんのじゃ。
竜馬　その気持ちはようわかります。じゃけど、もう逃げられません。人には天命っちゅうもんがある。わしらが生きるも死ぬも、天が決めることじゃろうが。
三吉　三吉さん、わしゃもう一歩も動けん。じゃけえ、あんたは薩摩藩邸へ走るんじゃ。無事に着いたら、ここに迎えを寄越してくれ。
竜馬　坂本さんを残していくわけにはいきません。わしのいない間に、捕り方が来たら。
三吉　来るかもしれんし、来んかもしれん。とにかく、今はそれしか道がないんじゃ。さあ、三吉さん。
三吉　わかりました。必ず戻ってきますから。

三吉が走り去る。

竜馬　都の冬は冷えるのう。体の芯が痺れてきたぜよ。

そこへ、立川迅助が走ってくる。ダンダラ模様の羽織を着ている。

迅助　あの、どうかしたんですか？　気分でも悪いんですか？
竜馬　……。
迅助　（竜馬の左手を見て）うわっ、血が出てる。急いで医者に行かないと。

竜馬　新選組か。
迅助　ええ、そうです。動かないでください。今、血を止めますから。

迅助が懐から手拭いを取り出し、竜馬の左手に巻き始める。

迅助　何をしてたんですか、こんな夜更けに。
竜馬　あんたは。
迅助　私は大坂から帰ってきたところです。土方先生にお使いを頼まれて。
竜馬　船でか？
迅助　朝にならないと、船は出ないでしょう？　だから、走ってきました。
竜馬　大坂からか？
迅助　ええ。私は走るのが得意なんです。で、あなたは？
竜馬　旅籠で、喧嘩に巻き込まれた。酔っ払い同士が刀を振り回して。
迅助　それは災難でしたね。さあ、これでとりあえずは大丈夫でしょう。
竜馬　かたじけない。
迅助　礼には及びませんよ。実は、私の叔父が診療所をやっているんです。よかったら、そこへお連れしましょうか。
竜馬　いや、すぐそこに、知り合いの家がある。
迅助　そうですか。じゃ、送っていきます。

竜馬　いや、結構。
迅助　遠慮しないでください。私は見かけより力があるんです。あなた一人を背負うぐらい、朝飯前です。さあ。（と背中を向ける）
竜馬　いや、本当に結構。それより、急ぎの用じゃなかったのか。
迅助　そうでした。じゃ、せめて、これを着てください。（と羽織を脱いで）怪我をした上に、風邪まで引いたら、大事だ。（と竜馬にかけて）では。（と走り出す）
竜馬　あんた、名前は。
迅助　（立ち止まって）新選組一番隊士、立川迅助です。またいつか、今度は元気な姿で会いましょう。
竜馬　ああ。

迅助が走り去る。竜馬が笑い出す。

竜馬　驚いたのう。新選組にも、まっこと気持ちのええ男がおるもんじゃ。

竜馬が去る。

2

慶応二年十二月一日朝。西本願寺にある、新選組屯所。
山崎丞と迅助がやってくる。二人ともダンダラ模様の羽織を着ている。

山崎　すまんかったな。朝もはよから呼び出して。
迅助　いいいえ。たった今、稽古が終わったところでしたから。
山崎　ほう、今朝も稽古に出たんか。ほんま、おまえはまじめなやっちゃな。昨日の夜はろくすっぽ寝とらんかったくせに。
迅助　いいえ。昨夜は晩飯を食って、すぐに寝ました。
山崎　嘘つくの下手やな。子の刻をちょっと回った頃、一番隊の小金井兵庫が巡察から帰ってきよって、腹減ったて言い出しよった。せやけど、そんな時間に食べるもんがあるわけあらへん。ほんだら、小金井はおまえを叩き起こした。近所を走って、夜泣きうどんを探してこいちゅうて。人のええおまえは、すぐに屯所を飛び出した。結局、三条大橋まで行ったそうやな。んで、走った駄賃として、うどんを一杯奢ってもろうた。ちゃうか？
迅助　その通りです。うどんの代金はすぐに兵庫に払います。もう一度とお駄賃はもらいません。

山崎　ですから、今回だけは見逃してください。
迅助　何言うてんねや。くれるちゅうもんはもらっとったらええやろ。
山崎　は？
おまえの足は役に立つ。伝令役として、月に一度は大阪に行かされてるそうやな。立川は馬より早いっちゅうて、土方さんも誉めとったで。たまに駄賃をもろうたかて、何も悪いことあらへん。それとも何かい、その金で博打にでも手を出したちゅうんかい。
迅助　まさか。
山崎　せやったら、なんで捨てられた子猫みたい、怯えた目しとんねや。
迅助　突然、山崎さんに呼び出されたんです。新選組の隊士なら、誰だって不安になります。
山崎　そらな、俺ら監察方は、隊士を取り締まるのが役目や。せやけど、ほんまにやらなあかん仕事は他にある。都に潜んどる浪人共の動きを探ることや。
迅助　それじゃ、なぜ私を。
山崎　おまえの足が借りたいんや。明日から、俺の下で働いてもらう。
迅助　しかし、私は一番隊の所属です。
山崎　沖田さんには話を通してある。
迅助　しかし……。
山崎　心配すんなや。そんな難しい仕事やあらへん。団子屋で、浪人と仲良うなるだけや。
迅助　仲良くなるって、何のために。
山崎　五番隊の高尾猿之助が殺られたちゅう話は聞いとるか。

迅助　はい。一月前に、稲荷町で。
山崎　心の臓を一突き。後ろから声かけられて、振り向いたところを刺された。五番隊でも、ごっつう強い剣客やったのになあ。
迅助　高尾さんは、私と同じ江戸の生まれだったんです。何度もお使いを頼まれて、お駄賃をもらいました。あ。
山崎　その話はもうええねや。んで、高尾を殺ったやつやけどな。なんぼか手がかりをつかんだんや。二月前、花井町で見廻組の人間が襲われた。そいつは腹を刺されたんやけど、何とか一命は取り留めよった。三月前には、聖護院村で京都守護職の役人が襲われよった。こいつも腹を刺されたんやけど、かすり傷程度で済んだらしい。二人とも、後ろから声かけられて、振り向いたところを刺されたんや。つまり——
迅助　全部、同じやつの仕業なんですね？
山崎　せやろな。二人の話によると、下手人の言葉には東国訛りがあったらしい。つまり——
迅助　私と同じ江戸の生まれかもしれないんですね？
山崎　いちいち口挟むな。手がかりはもう一個あんねや。下手人の着物からは何や薬みたいな匂いがしたそうや。おまえ、親戚が診療所をやってるそうやな。
迅助　（頷く）
山崎　薬には詳しいんか。
迅助　（首を傾げる）
山崎　聞かれたことには答えてええねや。薬には詳しいんか、詳しないんか。どないやねん。

迅助　さあ。診療の手伝いは全くしなかったので。
山崎　まあ、ええわ。俺の知り合いに、祇園で団子屋をやってるやつがおる。その団子屋の斜向かいに、漢方薬を扱っている問屋があってな。浪人共が何人か居候してるらしねん。その中の一人が甘い物が好きでな。しょっちゅう団子屋に来とるそうや。そいつの言葉が江戸弁なんや。
迅助　怪しいじゃないですか。なぜすぐに捕まえないいんです。
山崎　ほんまのこと言うたろ。怪しいやつは他にも何人かおんねん。そいつらを探んのに、俺らはもう寝る暇もないちゅうほど忙しいんや。せやから、おまえの手が、いや、足が借りたいんや。団子屋に来とる浪人は、おまえに任せる。その浪人と仲良うなって、下手人かどうか、確かめんにゃ。
迅助　ちょっと待ってください。新選組と浪人が、どうやって仲良くなるんです。
山崎　そら簡単や。おまえも浪人のふりをしたらええねん。
迅助　私は嘘をつくのが苦手です。もしばれたりしたら――
山崎　やあや言うな。こっちには切り札があんねや。
迅助　切り札?
山崎　（手紙を出して）半年前、伏見で捕まえた浪人が持っとった。土佐の坂本竜馬が書いたちゅう手紙や。疑われたら、これ見せて、坂本の知り合いやちゅうたらええねん。（と手紙を仕舞って）どや、まだ心配か。
迅助　心配ってわけじゃありません。でも、なぜ私なんですか。私は走ることしか能のない男で

山崎　す。頭は悪いし、剣の腕も立たないし。せやけど、足は速い。何やあった時、おまえやったらすぐに知らせることができる。どや。やってくれるか。

迅助　わかりました。

慶応二年十二月二日昼。祇園にある、団子屋・華屋の店先。
るいと升三がやってくる。

るい　山崎はん、何考えてんの？　そないな羽織、着てきて。

山崎　おっと、もう着いたんかい。（と羽織を脱ぐ）

るい　その人が立川はん？

山崎　そや。新選組で一番、いや、もしかしたら日本でいっちゃん足の速い男や。

るい　（迅助に）お初にお目にかかります、華屋の女将のるいて言います。（升三を示して）こっちは、うちの旦那です。

升三　（迅助に）升三て言います。よろしかったら、うっとこの団子を召し上がってってくださ い。実は、昨夜、新しいのをこさえましてね。明太子をたっぷりからめた、名付けて、博多団子。

るい　いらんことを言うてんと、はよ立川はんを奥へ連れてき。

升三　なんでや。

るい　決まっとるやないの。着替えてもらうんや。こないにこざっぱりしとったら、浪人に見えへんやろ。代わりの着物はもう用意してあるさかい。

升三　ああ、あれは立川はんのやったんか。てっきりわてのかと。

るい　アホやな。あんたにあないな汚い着物、着せるわけあらへんやろ。

迅助　あの、私はどこで着替えればいいんでしょうか。

升三　あ、えろうすんまへん。こちらへどうぞ。

迅助と升三が去る。

るい　（山崎に紙を差し出して）そや、これ、着物のお代です。手間賃も足さしてもらいました。

山崎　（紙を受け取って）高いな。ちょうまけてえな。

るい　お断りや。きっちり払うてくれへんのやったら、手伝いやめさせてもらうし。

山崎　わかった、わかった。（と財布を取り出す）

そこへ、笠原進八と荒井藤太がやってくる。山崎はるいから離れる。

藤太　るいさん、いつものやつ。

るい　へえ、まいど。（奥に向かって）あんた、荒井はんが来はりましたで。お団子を持ってきてあげてや。

藤太　あ、笠原さんの分もお願いします。

進八　おいおい、俺は食わねえぞ。さっき昼飯を食ったばかりじゃねえか。団子なんか入るもんか。

藤太　俺は入りますよ。甘い物は別腹ですから。

進八　ほう。で、その別の腹っていうのは、どこにあるんだ。頭か。尻か。

るい　そう言わんと、たまには召し上がってってくださいよ。団子があかんのやったら、お茶だけでも。

進八　悪いが、急ぎの用があるんだ。（藤太に）じゃ、俺は先に行ってるから。

進八が去る。すぐに升三がやってくる。団子の皿と茶碗を載せた盆を持っている。

升三　お待たせしました。

るい　荒井はんは毎日寄ってくれはんのに、笠原はんはいっつも素通りや。急ぎの用って、何なんやろ。

藤太　泉州屋に戻って、木剣でも振るんでしょう。他にすることもないし。

るい　あら、そうなんや？

藤太　蛤御門の戦以来、都は佐幕派の天下です。俺たち浪人はこそこそ隠れているしかない。だから、みんな暇なんです。

るい　せやけど、今朝早う、他のお二人が出かけはるのを見ましたよ。あの方たちもお暇なんですか？

藤太　いや、奥村さんは別です。あの人は勤皇派の大物ですから。
るい　須田はんも？
藤太　あいつは小物です。今日は、奥村さんに荷物持ちを頼まれて――

そこへ、須田幹兵衛がやってくる。

幹兵衛　誰じゃ、わしのことを小物と言うたのは。
藤太　仕方ないだろう、実際、小物なんだから。うわっ、酒くせえ。
幹兵衛　当たり前じゃ。軽く一升は飲んだぜよ。
るい　あれ？　奥村はんは一緒ちゃいますの？
幹兵衛　まだ用事が終わっとらん。そやから、わしだけ先に帰ってきたんじゃ。文句があるかよ。
藤太　おいおい、るいさんにまで絡むなよ。
幹兵衛　何じゃ、また団子を食うとるんかよ。わしにも食わせえ。腹ペコなんじゃ。
藤太　るいさん、こいつを頼みます。俺、酔い醒ましの薬を取ってきますから。

藤太が去る。すぐに、迅助がやってくる。汚い着物を来ている。

迅助　（幹兵衛に）こんにちわ。
幹兵衛　（無視して、団子を食べている）

るいと升三が「違う」と身振り。しかし、迅助は気付かない。

迅助 （幹兵衛に）今日はいい天気ですね。師走にしては、暖かくて。
幹兵衛 （無視して、団子を食べている）
迅助 あれ？　ひょっとして、前にどこかで会いませんでしたか？
幹兵衛 （無視して、団子を食べている）
迅助 いや、確かに会いましたよ。その眉毛には見覚えがある。あれは、まだ江戸にいた頃だ。私たちは江戸で会ったんですよ。ねえ、そうでしょう？　あなた、江戸の方なんでしょう？
幹兵衛 わしゃ江戸に行ったことなど、一度もないぜよ。
迅助 ぜよ？　ぜよ？
幹兵衛 おまん、わしの言葉をバカにしたな？　土佐の言葉がそんなに田舎臭いか。
迅助 え？　あなた、土佐の方なんですか？
幹兵衛 今、そう言うたじゃろう。一体、わしに何の用じゃ。
迅助 いいえ、ただ、話がしたいなあと思って。
幹兵衛 下手くそな言い訳じゃのう。おまん、新選組じゃろう。
迅助 まさか、違いますよ。
幹兵衛 ほやったら言うてみいや。なんでこの店に来たんじゃ。
迅助 それはその、たまたま通りかかって。

幹兵衛　嘘をつくな！（と刀を抜く）

幹兵衛が迅助に斬りかかる。迅助がかわす。山崎は隠れて見ている。るいと升三は幹兵衛を止めようとする。が、手が出せない。そこへ、藤太が戻ってくる。

藤太　幹兵衛、何をやってるんだ。
幹兵衛　おまんも抜け。こいつは新選組じゃ。
迅助　誤解なんです。私はただの浪人で――

幹兵衛が迅助に斬りかかる。迅助が刀を盆で受ける。盆が真っ二つに割れる。

るい　あ、うちのお盆が！
藤太　やめろ、幹兵衛！

藤太が幹兵衛の腕をつかむ。幹兵衛が藤太の手を振り払う。

幹兵衛　邪魔すると、おまんも斬るぜよ。

幹兵衛が迅助に刀を向ける。迅助が刀を抜き、構える。幹兵衛が迅助に斬りかかる。藤太が幹兵衛の体をつかむ。幹兵衛は構わずに、刀を振り回す。藤太が幹兵衛の体を放してしまう。幹兵衛がつんのめりながら、迅助に斬りかかる。迅助が避ける。と、迅助の刀が幹兵衛の左足に当たる。

迅助　あ。

幹兵衛　痛い痛い痛い！（と左足を押さえて、転がる）

迅助　すみません！　斬るつもりはなかったんです！

藤太　大丈夫か、幹兵衛！

迅助　急いで手当てしないと。この近くに診療所はありますか。

藤太　その必要はない。俺たちの家はそこの泉州屋の蔵だ。幹兵衛、歩けるか？

迅助　（幹兵衛に）私の背中に乗ってください。さあ。

迅助が幹兵衛を背負う。迅助・幹兵衛・藤太が去る。

るい　どないすんの、山崎はん。放っておいてええの？

山崎　まあ、なるようになるやろ。

るい　ほんま冷たいねんから。（と盆を拾い上げて）ほんで、このお盆のお代やけどな。

山崎　払たらええんやろ、払たら。（と財布を取り出す）

山崎・るい・升三が去る。

3

慶応二年十二月二日夕。祇園にある、薬種問屋・泉州屋の蔵。
迅助・進八・藤太・もんがやってくる。迅助は幹兵衛を背負っている。もんは薬箱とさらしを持っている。

進八　（迅助に）よし、ここに降ろしてくれ。
迅助　（幹兵衛を下ろす）
幹兵衛　痛いっちゃ！　もうちょう丁寧にできんのかよ。
藤太　文句を言うな。自分から刀に当たりに行ったくせに。
幹兵衛　おまんのせいぜよ。おまんがいきなり、手を放すきに。
もん　へえへえ、ちょっと堪忍どっせ。（と幹兵衛の袴をめくる）
幹兵衛　痛いっちゃ！　もんさん、わしゃ怪我人ぜよ。なんで優しゅうにしてくれんがかよ。
進八　見苦しいぞ、幹兵衛。俺たちは居候の身なんだ。手当てをしてもらえるだけでも、ありがてえと思え。
迅助　（もんに）どうですか、傷の具合は。

もん　長さ四寸、深さ二分。大したことあらしまへん。
藤太　その程度の傷で、ギャーギャー喚いてたのか。全く、情けないヤツだな。
迅助　でも、治るのに、半月はかかりますよ。（幹兵衛に）本当にすみませんでした。
進八　あんたは幹兵衛の刀を避けようとしただけなんだろう？　だったら、謝る必要はねえ。そう言えば、あんたは？
幹兵衛　すっかり忘れちょった。笠原さん、そいつは新選組のやつぜよ。
もん　新選組？
迅助　誤解ですよ。私は、どこにでもいる普通の浪人です。
藤太　（幹兵衛に）この人はおまえをここまで運んでくれたんだぞ。新選組に、こんな親切な人がいると思うか？
幹兵衛　そやけんど、態度が妙におかしかったのう。やたらと馴れ馴れしゅう話しかけてきたきに。
迅助　それは、あなたが江戸にいた頃の知り合いによく似てたから。
進八　へえ、あんたも江戸から来たのか。で、名前は？
迅助　たち、たち、タチツテトって、言いにくいですよね。
進八　いや、俺は名前を聞いたんだ。
迅助　ええ、わかってますよ。私の名前は、そう、小金井兵六です。
藤太　俺は荒井藤太です。こちらが笠原進八さん。俺たち二人も、江戸から来たんですよ。
迅助　（進八に）え、あなたも？
藤太　それから、こいつは須田幹兵衛。この人は――

もん　もんと申します。こちらのお店で上女中をさせていただいてます。

幹兵衛　（迅助に）今年で三十。泉州屋の女中の中でも、一番の古狸じゃ。

もん　いらんこと言わんでもよろしおす。（とさらしをギュッと縛る）

幹兵衛　痛い痛い痛いっちゃ！

もん　はい、終わりましたえ。

進八　（迅助に）それで、都には何をしに？

迅助　それはもちろん、幕府を倒すためです。あなた方もそうでしょう？

幹兵衛　幕府なんぞ、もう半分潰れかかっちょる。豚一のおかげでのう。

迅助　あの、豚一っていうのは？

藤太　一橋慶喜のことです。あの男はフランスかぶれで、豚肉が大の好物らしいですよ。

もん　豚肉なんて気色の悪いもん、よう食べはりますなあ。

幹兵衛　そう言やあ、新選組のヤツらも西本願寺で豚を飼うちゅうらしいの。壬生の狼などと威張っちょるが、正体は豚じゃったか。

進八　豚と新選組を一緒にするな。豚がかわいそうだろう。

迅助　ハハハ。いいことを言いますね。でも、豚肉は滋養にいいらしいですよ。

進八　しかし、新選組もかわいそうなヤツらだ。自分たちが時代遅れだということに気付いてねえんだから。

もん　少し鈍いんと違いまっしゃろか。都中の人にいやがられてはんのに、平気で出歩いてはんにゃさかい。

迅助　ハハハ。バカですよね、あいつら。でも、本人たちは必死なんだと思いますよ。
進八　都には、いつ頃から？
迅助　ええと、まだ来たばかりなんです。だから、右も左もわからなくて。知り合いと言っても、土佐の坂本さんぐらいしかいないし。
幹兵衛　坂本って、坂本竜馬かよ。
迅助　ええ、まあ。江戸にいた頃、ずいぶん世話になりました。
藤太　本当ですか？

そこへ、奥村大治郎がやってくる。

もん　お帰りやす、奥村はん。お客様が見えといやすえ。
大治郎　藤太。ここへは無闇に人を連れてくるなと言っただろう。
藤太　すみません。でも、この人は、怪我をした幹兵衛をここまで運んでくれたんです。
幹兵衛　当たり前じゃ。怪我をさせたのは、そいつなんじゃけえ。
もん　酔っぱろうて、絡まはったんは、あんたはんどっしゃろ。奥村はん、そちらのお方は坂本はんのお知り合いなんやそうどすえ。
迅助　（大治郎に）初めまして、小金井兵六です。ひょっとして、あなたも江戸の方ですか？
大治郎　ええ。元・川越藩士、奥村大治郎です。失礼ですが、坂本とはどういう関わりで。
迅助　ええと、初めて会ったのは、二年ぐらい前ですかね。

進八　江戸でか？

迅助　ええ。土佐藩邸の近くの飯屋です。たまたま隣の席に座って、一緒に飲んで。

大治郎　おかしいな。二年前なら、坂本は神戸にいたはずだ。（幹兵衛に）海軍操練所で塾頭をしていた頃だろう。

迅助　え？

幹兵衛　（大治郎に）いや、勝先生のご命令で、何度も江戸に行っちょりました。その時に会ったんでしょう。

迅助　ええ、きっとそうです。坂本さんの話を聞いているうちに、このままではいけないと気付きましてね。それで、都に来たんです。

進八　じゃ、坂本に会ったのは、その時だけなのか。

迅助　ええ。でも、手紙のやりとりはちょくちょくしています。

大治郎　ほう、手紙を。よかったら、今度、見せてもらえますか。坂本の手紙はおもしろいと評判ですからね。

迅助　お安いご用です。なんなら、今、お見せしましょうか。

もん　お持ちやんのどすか？

迅助　私の人生を変えた人の手紙ですからね。お守り代わりに、いつも持ち歩いてるんです。

（と懐に手を入れて、止まる）

藤太　どうかしたんですか、小金井さん。

迅助　しまった、もらい損ねた。

大治郎　もらい損ねた？
迅助　違いますよ。もらしそうだって言ったんです。さっきから、腹が痛くて。
もん　どうもおへんか？
迅助　いや、かなりやばいです。すみませんが、厠をお借りできますか。
もん　どうぞどうぞ、こちらどす。

迅助ともんが去る。

進八　大治郎、あいつをどう思う。幹兵衛は新選組じゃねえかと言ってたが。
藤太　まだ疑ってるんですか？　俺は、あの人の言ったことを信じますよ。
進八　しかし、証拠は何もねえ。
幹兵衛　手紙を持っとると言うちょったじゃないですか。
大治郎　信じる信じないは、その手紙を見てからだ。

華屋。
迅助が「るいさん！」と叫びながら、走ってくる。そこへ、るいがやってくる。

るい　立川はん、無事やったんかいな？
迅助　今度から、私のことは小金井と呼んでください。それより、山崎さんは？

るい　とっくに帰りはりましたで。
迅助　帰った？　あの人、俺のことはどうでもいいのかな。
るい　なるようになるやろて、笑うてましたよ。
迅助　クソー、なんて怒ってる場合じゃない。追いかけなきゃ。失礼します。

迅助が走り出す。

るい　迅助はんはすぐに屯所を目指して、駆け出しました。四条通りを西へ一九〇〇メートル、堀川通りを南へ一四〇〇メートル走って、西本願寺に到着。せやけど、またしても、山崎はんの姿はなし。他の隊士に、ついさっき、島原へ行ったと聞いて、再び駆け出す迅助はん。丹波口通りを西へ二〇〇メートル走って、着いたとこは山崎はんの馴染みの遊廓。

島原にある、遊廓。
迅助が立ち止まり、「山崎さん！」と叫ぶ。そこへ、山崎がやってくる。女物の襦袢を着ている。

山崎　これから、ええとこなんや。邪魔すな。
迅助　手紙をください。
山崎　手紙？
迅助　坂本竜馬が書いた手紙ですよ。早くください。

山崎　ああ、あれやったら、屯所に置いてきたわ。俺の部屋の文机の上や。
迅助　そんな。失礼します。

迅助が再び走り出す。山崎は去る。

るい　屯所に戻った迅助はんは、山崎はんの部屋で手紙を発見。直ちに、泉州屋へとんぼ帰り。走った距離は往復でおよそ七〇〇〇メートル。かかった時間は、なんと十六分。二年前の記録を一分も短縮！

迅助が立ち止まる。そこへ、もんがやってくる。るいは去る。

もん　やっと出てきはりましたか。あんまり遅いし、心配してたんどすえ。
迅助　昨夜食った、ブリが悪かったようで。全部出したら、すっきりしました。
もん　それはよろしおしたなあ。さあ、皆さんがお待ちかねどっせ。

迅助ともんが去る。
泉州屋の蔵。

進八　やっぱり逃げたようだな。

幹兵衛　おかしいのう。わし、一っ走りして、見てきます。
藤太　今、もんさんが見に行った。怪我人はおとなしくしてろ。

そこへ、迅助ともんがやってくる。

迅助　お待たせして、申し訳ありませんでした。昨夜食った、アジが悪かったようで。いや、イワシだったかな。
もん　ブリどす。
大治郎　(迅助に) それで、坂本の手紙は?
迅助　はいはい、手紙でしたら、これ、この通り。(と手紙を差し出す)
大治郎　(受け取って) 湿ってる。
迅助　厠で息んでたら、汗をかいちゃって。
大治郎　では、拝見。(と手紙を開く)
幹兵衛　(覗き込んで) こりゃ、まっこと坂本さんの字じゃ。
大治郎　(手紙を読む)「天下に事をなすものは、根太もよくよく腫れずては、針へうみをもつけもふさす候」。
もん　(迅助に)「根太」って何どすか。
幹兵衛　土佐の言葉じゃ。顔やら尻やらにできる出来もんのことぜよ。
大治郎　なるほど。坂本らしいな。

藤太　どういう意味なんです？

大治郎　出来ものを潰そうと思ったら、十分に腫れるまで待たねばならない。何か大きな事を起こそうとする時は、焦っちゃいかんということだ。

迅助　つまり、「棚からぼたもち」ってことですよね。

もん　ちょっと違うんやおへんか。

大治郎　（手紙を迅助に差し出して）小金井さん、許してください。俺は今まで、あなたを疑ってました。坂本の知り合いだというのは、真っ赤な嘘だと。

迅助　（受け取って）仕方ないですよ。私自身は、ただの貧乏侍ですから。

大治郎　いや、坂本が認めた人なら、信用できる。これからは、同じ志を持つ者同士、助け合っていきましょう。今はどちらにお住まいなんですか？

迅助　ええと、まだ決まってないんです。金がないから、旅籠に泊まるわけにもいかなくて。寺の軒先とか、神社の軒先とか。

大治郎　それじゃ、体がもちませんよ。しばらくここに泊まったらどうです。

進八　おい、大治郎。

大治郎　（迅助に）ここにいれば、飯も食えるし、酒も飲める。新選組に狙われる心配もありません。よかったら、ぜひ。

迅助　でも、そこまで甘えるわけには。

大治郎　なぜ遠慮するんです。我々の仲間になるのがいやなんですか？

迅助　そんなことはありませんよ。じゃ、お言葉に甘えて。

大治郎　よし、決まりだ。もんさん、風呂を沸かしてくれ。藤太、おまえは布団を用意しろ。幹兵衛、おまえは――

幹兵衛　わしゃ酒を持ってきます。（迅助に）今日は朝まで飲み明かそうぜよ。

迅助　喜んで。

もん　小金井はん、こちらへどうぞ。

迅助・藤太・幹兵衛・もんが去る。

進八　いいのか、簡単に信じて。

大治郎　あの手紙は本物だ。これ以上、疑う理由はない。

進八　しかし、他のヤツから盗んだってことも考えられる。

大治郎　心配するな。十日もすれば、もっとはっきりしたことがわかる。

大治郎と進八が去る。

4

慶応二年十二月三日昼。泉州屋の座敷。
梅ともんがやってきて、座る。

梅　それで、須田はんのお怪我はどうやのんどす。
もん　あんなもん、怪我のうちに入らしまへん。ほんまに深い傷やったら、朝まで飲めるわけないやおへんんか。
梅　あら、もんも一緒に飲んだん？
もん　冗談やあらしまへん。あんな乱暴者たちと飲むほど、うちは暇やないんどす。
梅　せやったら、なんで朝まで飲んではったてわかるの。
もん　眠られへんかったんどす。一晩中、下手クソな歌が聞こえてきましたよって。
梅　奥村はんの歌どすな。
もん　おかげで、今も頭がしくしく痛むんどす。あんまり悔しいし、お昼のおかず、梅干し一つにしてやりましたわ。

そこへ、大治郎と迅助がやってくる。大治郎は胡座で、迅助は正座で座る。

大治郎 失礼します。新しい同志を連れてきました。
梅 ご苦労はんどす。ゆんべは、えらい賑やかやったそうどすな。
大治郎 迷惑でしたか。
梅 うちはちっとも。ただ、もんが——
もん 小金井はん、こちらが泉州屋の内儀はんどす。
梅 (迅助に)梅どす。ほんまどしたら、亭主にもご挨拶させんのどすけど、商いで大坂へ出かけてんのどす。すんまへんな。
迅助 お気遣い、痛み入ります。小金井兵六です。お会いできて、光栄です。
梅 丁寧なお方どすなあ。おみや、楽にしてもろうて構しまへんえ。
迅助 いえ、私はこのままで。
大治郎 小金井くん、遠慮は無用だ。自分の家だと思って、楽にしてくれ。
梅 そうどすえ。奥村はんは、遠慮なんか一ぺんもしはったことあらしまへんえ。
迅助 奥村さんは、いつからこちらに?
大治郎 蛤御門の戦の後だから、二年前だ。
梅 あの時は、えらい騒ぎどしたな。お東さんまで焼け落ちてしもうて。いつ火が鴨川を越えるか思うて、生きた心地がせえしまへんどした。
迅助 あれは恐かったですよね。風もかなり強かったたし。

大治郎　何だか、その場にいたような口ぶりだな。
迅助　いや、あの戦の話は、江戸でも評判だったから。
大治郎　確かに、そうだ。小金井くんは、六角獄舎の話は聞いたか。
迅助　いいえ。
大治郎　あそこには、四十人の志士が囚われていた。そこへだんだん火が近付いてきた。火事になったら、志士たちが逃げ出す。そう思った幕府のやつらは、四十人を皆殺しにしたんだ。結局、火は獄舎に燃え移る前に消し止められた。この話を聞いて、俺は江戸を出る決心をしたんだ。
迅助　内儀さんとは、前からの知り合いだったんですか？
大治郎　いや、都に来て、初めて会った。坂本に紹介されて。
迅助　坂本さんに？
梅　泉州屋は、昔から、長州藩にご贔屓にしてもろうてましてなあ。長州のお人さんらがよう泊まってとくれやしたんどす。坂本はんも、時々、来といやしたんどすえ。
大治郎　（迅助に）あの戦の後、長州は都を追い出されたろう。それで、かわりに俺たちが入ったんだ。
もん　一難去ってまた一難とは、このことどすな。
梅　うちは、奥村はんが来てくれはって、うれしおすえ。坂本はんのお知り合いやったら、悪い人やおへん。うちにできることどしたら、なんぼでもさしてもらいます。
大治郎　ありがとうございます。

もん　せやけど、いつまでいてはるつもりですの？
大治郎　幕府を倒すまでだ。とは言っても、それほど先の話じゃない。二度目の長州征伐は、長州軍の圧勝だった。今度、戦になったら、さすがの豚一も江戸へ逃げ出すだろう。
迅助　しかし、幕軍には、まだ会津藩が残ってますよ。それに、新選組も。
大治郎　新選組に何ができる。しょせんは、田舎侍の集まりじゃないか。
迅助　それはそうですけど、幕府のためなら全員死ぬ覚悟です。
大治郎　小金井くん。坂本の手紙に、「根太」と書いてあったろう。あれは幕府のことだ。幕府は、日本の出来物なんだ。三百年近くかかって、どうしようもないほど膿を溜めてきた。一度潰して膿を出さないと、この国全部が腐ってしまう。我々の仕事は医者と同じだ。日本を助けるために、幕府を切り落とす。多少の血は流れても、死ぬよりはマシだ。
迅助　はあ。
もん　内儀はん、そろそろお出かけにならなあかん時刻やおへんか。
大治郎　(迅助に)じゃ、我々は引き上げるとするか。
梅　小金井はん。せっかくこうしてお会いできたんどす。好きなだけ泊まっていっとおくれやす。
迅助　ありがとうございます。あの、私に何かできることはないでしょうか。
梅　できることて、何どす？
迅助　ただで泊めてもらったり、飯を食わせてもらったり、何だか申し訳なくて。代わりにと言っては何ですが、何か仕事はないですか？

梅　そないなこと、気にせえへんかてよろしおす。あんたはんらのお世話をするのは、うちの道楽みたいなもんやさかい。なあ、もん。

もん　へえへえ。おかげでうちは寝不足どすけどな。

大治郎　それでは、失礼します。

大治郎と迅助が去る。

もん　またこれで、お米の減りがはよなりますなあ。

梅　ええやないの。一人や二人、増えたかて。

もん　内儀はんがそんな調子やから、あの穀潰し連中が付け上がんのどっせ。蔵の中を一ぺん、見たらわかります。そらもう、散らかし放題どすえ。

梅　それにしても、小金井はんいうお人は、えらい礼儀正しいお方どすな。

もん　猫を被ってはるんと違いますか。そのうち地が出てきますよってに。

梅　そうやろか。なんや、他のお人とは違う気がしますけどな。

もんと梅が去る。

泉州屋の庭。

藤太と迅助がやってくる。

藤太　ここから先が母屋だ。今朝は座敷に上げてもらったかもしれないが、普段は近付くなよ。

迅助　なぜですか？

藤太　この家には、嫁入り前の娘さんがいるんだ。それも、二人も。ちょっとでも近付いたら、もんさんに噛みつかれる。

迅助　ここに住むことになったのは、坂本さんに勧められたからだそうですね。奥村さんは、坂本さんと親しいんですか？

藤太　ああ。千葉道場で一緒だったんだ。二人とも滅法強くて、塾頭の座を争う仲だった。二人の試合になると、近所のヤツらが見物に来たぐらいだ。

迅助　何だか、その場にいたような口ぶりですね。

藤太　いたのさ。と言っても、俺は見物に来た方だったがな。俺もあんなふうになりたい。そう思って、すぐに入門したんだ。

迅助　坂本さんはここにもよく来るんですか？

藤太　いや、俺が来てからはまだ一度も。でも、なぜそんなことを聞くんだ？

迅助　いいえ、ただ、私も坂本さんに会いたいなあと思って。

そこへ、あやのがやってくる。

あやの　藤太はん、こんな所で何してはりますの？

藤太　あやのさん、お久しぶりです。お元気でしたか。私は元気です。

あやの　何言うてはんの。おとつい、一緒にお茶を飲んだやないの。
藤太　そう言えば、そうですね。よかったら、また今日もお茶を――
あやの　そちらの方が、小金井はん？
藤太　ええ。どうしてそれを？
あやの　（迅助に）初めまして、あやのどす。どうぞ、よろしゅうに。
迅助　こちらこそ、よろしくお願いします。
藤太　小金井、おまえは蔵に戻ってろ。俺はちょっとあやのさんと――
あやの　藤太はん、うち、喉が渇いた。お茶淹れてきてくれはらへん？
藤太　お安いご用です。すぐにお持ちします。

藤太が走り去る。

迅助　じゃ、私はこれで。（と行こうとする）
あやの　行かんといて。
迅助　え？
あやの　うちを一人にせんといて。うち、いつも一人ぼっちなんどす。
迅助　そうなんですか？
あやの　ものごころ付いてから、ろくに外に出たことがおへんのどす。うちの母は鬼みたいに厳しい人で、買いもんに行くのさえ許してくれへんのどす。

迅助　本当ですか？　私には優しそうな人に見えたけど。

そこへ、ゆきのがやってくる。二人の会話を聞いている。

あやの　そんなん、外面だけどす。前に一ぺん、どうしても見たいお芝居があって、抜け出しましてん。そしたら、蔵に閉じ込められて、三日三晩、お水も飲ましてくれはらへんかったんどす。

迅助　それはひどい。

あやの　（迅助の手をつかんで）せやから、小金井はん。うちの話し相手になっとおくれやす。うち、退屈で退屈で死にそうやのどす。

ゆきの　あやの。嘘をついたらあかんやないの。

あやの　（手を放して）お姉ちゃん。いけずやわ、立ち聞きしてはったん？

ゆきの　聞かれて困るようなこと、言わへんかったらええやないの。なんで嘘つくの。

あやの　暇やったから。

ゆきの　また嘘ついて。あんた、お茶のお稽古に行くんやないの？

あやの　あかん、忘れてた。ほんなら、小金井はん。またお会いしまひょ。

あやのが去る。

迅助　お茶の稽古？　じゃ、外出させてもらえないっていうのは。

ゆきの　嘘どす。あの子ほど甘やかされた娘はいてへん。せやから、すっかり我が儘に育ってしもうて。

迅助　じゃ、退屈で死にそうだっていうのも。

ゆきの　毎日毎日、お茶やらお琴やらのお稽古で忙しゅうしてます。

迅助　参ったな。すっかり信じてしまいました。

ゆきの　せやけど、悪い子やないんどす。姉のうちに免じて、堪忍したっとおくれやす。ところで、あんたはんは？

迅助　申し遅れました。たち、たち、立ち泳ぎの得意な小金井兵六です。昨日からこちらの蔵に泊まらせていただいてます。

ゆきの　奥村はんたちのお仲間どすか。せやったら、あやののことは怒れしまへんな。

迅助　どういう意味ですか？

ゆきの　わからしまへんか？

迅助　すみません。教えてください。

ゆきの　ほしたら、言わせてもらいます。あなたはんらも、甘えてはるやおへんか。住むとこも食べるもんも、人任せにしはって。ええ年をして、あやのよりタチが悪いと思いますわ。すんまへん、言葉が過ぎました。正直に聞かはるさかい、正直に答えなあかん気がして。言わんでもええこと、言うてしまいました。

迅助　いいえ、よくわかりました。ありがとうございます。

ゆきの　怒らはらへんのどすか？　女子にこないに言われて。

迅助　でも、本当のことですから。亡くなった母も言ってました。「働かざるもの食うべからず」って。

そこへ、藤太がやってくる。茶碗を載せた盆を持っている。

藤太　あれ、あやのさんは？

迅助　出かけました。お茶の稽古だそうです。

藤太　なんだ、せっかく淹れてきたのに。（ゆきのに）飲みますか？

ゆきの　結構どす。（迅助に）ほしたら、失礼します。

迅助　どうも。

ゆきのが去る。

藤太　ゆきのさんと何を話してたんだ。

迅助　いいえ、別に。あの人、ゆきのさんて名前なんですか。

藤太　あやのさんの姉上さ。全然、似てないだろう？　女子のくせに、薬の本ばかり読んでて。とうとう、行かず後家になっちまった。

迅助　そういう言い方はよくないですよ。

藤太　でも、本当のことだぜ。前に一度だけ、縁談が来たらしいんだけどな。見合いの席に着いた途端に、相手の若旦那が「この人じゃない」って叫んだんだって。その若旦那が街で見初めたのは、ゆきのさんじゃなくて、あやのさんだったんだ。要は、間違えられたのさ。笑っちまうよな。

迅助　なぜ笑うんです。ちっともおかしくないですよ。

藤太　だって、おまえ——

迅助　ゆきのさんは悪くない。悪いのは、見合いの相手じゃないですか。

藤太　なんだよ、小金井。何、怒ってるんだよ。

迅助が去る。後を追って、藤太も去る。

5

慶応二年十二月十三日夕。華屋。
山崎がやってくる。魚売りに扮し、頬被りをしている。反対側から、るいがやってくる。

山崎　えー、魚、魚はいらんかー。ちょっと、そこの別嬪さん。今日は生きのええサンマが入ってまっせ。安うしときますさかい。
るい　間に合うてます。
山崎　まあ、そう言わんと、見てってんかー。今日はサンマを買うてくれた人に、もれなくタイをおまけしまっせ。
るい　はいはい。下手クソな芝居はもうたくさんや、山崎はん。
山崎　何や、気付いとったんかい。（と頬被りを取る）
るい　新選組の山崎丞ともあろう人が、何やの、その恰好は。
山崎　世を忍ぶ仮の姿や。これやったら、どこぞの屋敷でも、簡単に潜り込めるわ。
るい　難儀やな。なんぼ仕事や言うても、そないな恥ずかしい恰好をするやなんて。
山崎　俺はちっとも恥ずかしないで。よう見てみい。意外と似合うとるやろ？

るい　そうそう、立川はんが待ってはりますよ。
山崎　なんで話逸らすねや。
るい　（奥に向かって）立川はん！　立川はん！

そこへ、迅助がやってくる。

迅助　駄目ですよ、るいさん。俺は立川じゃなくて。（と山崎に気付いて）あ。
山崎　毎度。
迅助　どうしたんですか、山崎さん？　まさか、新選組を馘になったんですか？
るい　ちゃいますやん。魚売りに化けはって、あっちゃこっちゃ嗅ぎ回ってるんやて。
迅助　（山崎に）大変ですね。いくら仕事とは言え、そんな恥ずかしい恰好をするなんて。
山崎　俺のことはどうでもええんや。ほんで、調べは進んどんのか。
迅助　それがあんまり。
山崎　あんまりって何やねん。十日も経つのに、何もわからんかったちゅうんか。
迅助　そうじゃなくて、ちょっと困ったことになってるんです。泉州屋には、四人の浪人が居候してまして、そのうちの三人が江戸弁なんです。
山崎　何やと？　三人もおんのかい。おい、るい、話ちゃうやんけ。
るい　うちがいつ一人やいうて言いました？　うちの店に来るのは、荒井はん一人。せやけど、他にも何人かおるらしい。そう言うたはずや。

山崎　わかった、わかった。（迅助に）で、その三人の中に、怪しいやつはおらんかったんか。

迅助　奥村さんと笠原さんは元・川越藩士、荒井さんは元・岩槻藩士。三人とも勤皇派ですが、根は優しい人たちです。強いて欠点を挙げるなら、新選組の悪口を言うことと、だらしないこと。毎晩酒をかっくらって、起きるのは昼過ぎです。奥村さんだけは、毎日朝から出かけてますけど。

山崎　行き先はどこや。

迅助　おそらく、他の浪人たちの隠れ家だと思います。

山崎　名前は言うてへんかったか。たとえば、土佐の中岡慎太郎とか。

迅助　さあ。でも、ちょっと驚いたことがあるんです。あの人たちは、坂本竜馬の知り合いなんですよ。

るい　ほんまでっか？

山崎　何や、急に目の色変えて。

るい　せやかて、坂本竜馬言うたら、知らん人は一人もおらんで。背高うて、剣が強うて。勤皇派一の男前やいうて評判や。うちかて、うちの人と一緒になる前に、坂本はんと出会うとったら、どないなっとったか、わからんわ。

山崎　どないもなっとらんかったやろ。（迅助に）ほんで、あいつら、坂本とどういう関係やねん。

迅助　本人たちは、親友みたいに言ってますけど、実際はそうでもないようです。だって、もう一年近くも会ってないみたいですし。

るい　そうやろなあ。うちも、坂本はんが来はったなんて話、聞いたことないわ。
迅助　山崎さん。あの人たちは、もう調べなくていいんじゃないでしょうか。あの中に、暗殺を企てるようなやつがいるとは思えないんです。
山崎　俺は、仲良うなれちゅうたけど、肩入れせえとは言うてへんぞ。
迅助　肩入れなんかしてません。私は事実を言ってるんです。
山崎　ほうか。ほやったら、もう、おまえは泉州屋へ帰れ。
迅助　まだ続けるんですか？　私の言うことは信じてくれないんですか？
山崎　信じるがな。あいつらが下手人やないっちゅう、確かな証拠をつかんだらな。

そこへ、美里がやってくる。旅装をしている。

美里　すみません。このあたりに、泉州屋という薬種問屋はありませんか。
るい　ありますよ。通り挟んで斜向かいです。
美里　本当ですか？　よかった。（と座り込む）
迅助　大丈夫ですか？（と駆け寄る）
美里　ホッとしたら、足の力が抜けてしまって。平気です。一人で立てます。
るい　えらい疲れてはるみたいやけど、よかったら、お団子でもどないです？　実は昨夜、うちの人が新しいのをこさえましてん。蜜柑の絞り汁を塗りたくった、名付けて、愛媛団子。
美里　おいしそう。でも、遠慮します。ここに来るまでに、路銀を使い果してしまったので。

るい　どっから来はったんです？

美里　江戸です。

るい　江戸から、お一人で？

美里　はい。どうしても会って、話をしたい人がいるんです。

迅助　じゃ、私がお連れしましょう。私は今、泉州屋さんに居候してるんです。

美里　そうなんですか？　奥村大治郎は、まだそこにいますか？

迅助　ええ、いますよ。あなた、奥村さんのお知り合いですか？

美里　家内です。奥村美里と申します。

るい　まあ、奥方はんですか。小金井はん、早うご案内してあげな。

迅助　（美里に）どうぞ、こちらです。

迅助と美里が去る。

山崎　小金井？

るい　立川はんの偽名ですやん。それより、はい。（と紙を出す）

山崎　今日は何や。

るい　立川はんを呼び出した手間賃、立川はんが食べた団子代。

山崎　なんであいつのおやつ代まで。（と財布を取り出す）

山崎とるいが去る。

泉州屋の蔵。

もんがやってきて、掃除を始める。そこへ、大治郎がやってくる。

大治郎 あれ、もんさん一人か。他のやつらはどこへ行ったんだ。

もん 皆さん、お買いもんどす。今晩は鴨鍋やって、張り切っといやしたえ。

大治郎 小金井もか？

もん あの人は、さっきまでここで留守番してはりました。せやけど、華屋の女将はんが呼びにお来やして。

大治郎 華屋の女将が？　一体の何の用だ。

もん さあ。奥村はん、暇やったら、雑巾がけでも手伝うとくれしまへんか。こないに薄汚い所に、あのお方をお迎えするわけにはいかしまへんよってに。

大治郎 そんなに汚いかな。月に一度は掃除してるんだが。

もん 掃除いうのは毎日するもんどす。月に一ぺんするのんは、大掃除どす。

大治郎 じゃ、小金井に手伝わせよう。もんさん、悪いが呼んできてくれ。

もん うちがどすか？　せやったら、内儀はんに聞いてきます。うちは内儀はんにに雇うていただいてますんで、内儀はんのお許しがないと出かけるわけには。

大治郎 ああ、やっぱり結構。

そこへ、迅助と美里がやってくる。

迅助　奥村さん、お客様ですよ。

大治郎　誰だ。（と振り向く）

美里　お久しぶりです、大治郎さん。

大治郎　……。

美里　いきなり来て、申し訳ありません。お体の具合はいかがですか。

大治郎　帰れ。

迅助　奥村さん。

大治郎　（美里に）帰れと言っているのが聞こえないのか。

もん　ちょっと、奥村はん。女子はんに向こうて、大声出したらあかしまへんえ。

大治郎　小金井、そいつを外に出せ。

迅助　どうしてですか？　この人はあなたの——

大治郎　いいから連れていけ。

そこへ、進八がやってくる。風呂敷包みを持っている。

進八　美里。なぜおまえがここに。いつ都に来たんだ。

美里　今朝です。ここの場所がわからなくて、半日も迷ってしまいました。

進八　一人で来たのか？　なぜそんな無茶をするんだ。
美里　ごめんなさい。でも、どうしても、兄上と大治郎さんに会いたくて。
もん　笠原はん。そちらのお方は、笠原はんの妹はんやのどすか？
進八　ああ。二年前までは、大治郎の妻でもあったんだが。
迅助　今は違うんですか？
大治郎　脱藩する前に、離縁した。だから、もう赤の他人だ。
進八　それはそうだが、せっかく会いに来たんだ。話ぐらい聞いてやってもいいじゃねえか。美里、なぜ来たんだ。もう怒んねえから、正直に話してみろ。
美里　兄上の手紙が、届かなくなったからです。三月前から急に。それまでは、月に一度は必ず書いてくださってたのに。
もん　ほんで心配にならはったんどすね。かいらしいなあ。笠原はん、なんでどす？
進八　美里のためだ。
美里　私の？
進八　江戸を発つ時、俺がなんて言ったか覚えてるか？　大治郎のことは一日も早く忘れろ、縁談が来たら迷わずに受けろ、そう言ったはずだ。それなのに、おまえは未だに独り身のまま。手紙にも、大治郎のことばかり書いてくる。このままでは、おまえは幸せになれねえ。そう思ったから、返事を出すのをやめたんだ。
もん　せやったら、そう書かはったらよろしおしたのに。
美里　兄上や大治郎さんの身に何か起きたんじゃないか。そう思うと、居ても立っても、いられ

進八　なくなって。
俺たちは無事だ。それがわかれば、十分だろう。だから、今すぐ、江戸へ帰れ。ここは、
おまえが来るような所じゃない。

美里　でも……。

大治郎　目障りなんだ。二度と俺の前に顔を出さないでくれ。

もん　奥村はん。

美里　（大治郎に）不愉快な思いをさせて、申し訳ありませんでした。

美里が去る。後を追って、迅助ともんが去る。

進八　大治郎、今のはおまえの本心か。

大治郎　ああ。

進八　美里のことは、もう何とも思ってねえのか。

大治郎　江戸を発つ時、俺はすべてを捨てた。おまえもそうじゃなかったのか。

大治郎が去る。反対側へ、進八が去る。

華屋。

迅助と美里がやってくる。反対側から、るいと升三がやってくる。

るい　どないしたの、冴えへん顔して。
迅助　それが、その。
美里　（るいに）追い返されてしまいました。二度と顔を出すなって。
るい　何やて？　せっかく江戸から会いに来たっちゅうのに、何考えとるんじゃ、あのボケナス。
美里　大治郎さんは悪くないんです。私がいきなり押しかけたから。
升三　それは、おたくがご主人を思うてはるからでしょう？　わてかて、女房に置いてかれたら、地獄の底まで追いかけますわ。
るい　アホやな。うちがあんたを置いてくわけあらへんやろ。

そこへ、進八がやってくる。

進八　美里。
美里　兄上。ご迷惑をかけて、申し訳ありませんでした。
進八　そのことはもういい。で、これからどうする。今夜は旅籠にでも泊まるか。
迅助　それがダメなんですよ。美里さんは今、一文なしなんです。
進八　（美里に）そうなのか？　困ったな。俺も今は手持ちがないぞ。
迅助　るいさん、一晩でいいから、この人を泊めてやってくれませんか。
るい　よっしゃ、うちに任しとき。美里はん、好きなだけ泊まってええからね。あんたの宿賃は、魚売りからふんだくるさかい。

升三　なんで魚売りから？
美里　（るいに）申し訳ありません。では、お言葉に甘えて。

突然、美里が倒れる。全員が駆け寄る。

進八　美里、大丈夫か？
美里　お腹が。
るい　お腹がどないしたん？
美里　お腹が空いた。
るい　それやったら、何か作りましょうか。あんた、愛媛団子一人前。
美里　あの、できれば、二人前で。
升三　わかりました。すぐに作りますさかい。

全員が去る。

6

慶応二年十二月十三日夜。泉州屋の庭。

もんがやってくる。徳利を持っている。立ち止まって、周囲を見回す。徳利の中身を掌垂らして、舐める。反対側から、迅助と進八がやってくる。

迅助　ただいま帰りました。

もん　えろう遅おしたなあ。美里はん、どないしはりました？

迅助　すぐそこの華屋に、泊まることになったんですよ。それで、一緒に晩飯を食ってきました。

もん　そら、よろしおしたなあ。こないな寒空に叩き出すやなんて、奥村はんもほんまにいけずなお人やわ。

進八　どんな顔をすればいいのか、わからなかったんだろう。何しろ、二年ぶりに会ったんだから。

迅助　でも、あの態度はひどすぎますよ。美里さんは、華屋に来た時、奥村美里って名乗りました。今でも、奥方のつもりなんです。

もん　そこまで、奥村はんのことを。うう。（と泣く）

進八　あんたが泣くことはないだろう。
もん　せやけど、かわいそやおへんか。好きな人にすげのうされて。
進八　俺も大治郎も、命を捨てるために都へ来た。俺たちのことなんか、一日も早く忘れた方がいいんだ。その方が、死んだ時に悲しまずに済む。
もん　ほんなら、奥村はんはわざとあないな言い方を？
進八　たぶんな。それより、もんさん。その酒、俺に飲ませてくんねえか。
もん　これはあきまへん。坂本はんのために用意した、とっときのお酒やさかい。
迅助　坂本？　坂本って、あの坂本？
もん　へえ。とっくに着いといやすえ。
進八　困るな。いきなり会わせて、驚かしてやろうと思ってたのに。
もん　堪忍どすえ。ほとんど一年ぶりやさかい、うちも浮ついてますのや。
進八　小金井は、二年ぶりだったな。どうだ、嬉しいだろう。
迅助　ええ、もちろん。あ、俺、華屋に忘れ物をしてきました。ちょっと取ってきます。
進八　そんなの、明日でいいじゃねえか。坂本にも、おまえのことは話してねえんだ。どんな顔をするか、楽しみだな。
迅助　びっくりして、俺を斬るかもしれませんよ。
もん　なんであんたはんを斬るんどす。さあ、行きまひょ、小金井はん。

迅助・進八・もんが去る。

泉州屋の蔵。
幹兵衛がやってくる。盃を床に投げつける。後から、大治郎と藤太がやってくる。

大治郎　落ち着け、幹兵衛。
幹兵衛　何を言うちょるんですか。わしは至って冷静ですきに。
大治郎　嘘をつけ。おまえ、少し飲み過ぎだぞ。
藤太　俺、酔い醒ましの薬をもらってきます。（と行こうとする）
幹兵衛　いらんことするな！（奥に）坂本さん、起きてください！
大治郎　やめろ。坂本は疲れてるんだ。
幹兵衛　疲れちょったら、居眠りしてええんですか。わしが必死で頼んじょるのに。
大治郎　坂本は何度も断ったはずだ。とにかく、頭を冷やせ。

そこへ、迅助・進八・もんがやってくる。

もん　奥村はん、笠原はんたちがお戻りどすえ。
進八　（大治郎に）あれ、坂本は？
大治郎　向こうで寝てる。旅の疲れが出たんだろう。
藤太　長崎から着いたばかりですからね。眠くなって当然ですよ。
幹兵衛　わしは許さん。意地でも叩き起こしちゃるきに。

大治郎　やめろと言ってるのがわからないのか。
進八　どうしたんだ、幹兵衛は。何を怒ってるんだ？
藤太　坂本さんについていきたいと頼んだんです。でも、相手にされなくて。
進八　懲りないやつだな。（幹兵衛に）おまえは船に乗れねえだろう。そんな男が、坂本についていって、何の役に立つ。
もん　なんで船に乗れへんのどす？
進八　酔うからだ。海軍操練所にいた時は、ゲロ兵衛と呼ばれていたらしい。
迅助　（こっそり出ていこうとする）
幹兵衛　小金井、どこへ行くんじゃ。おまんからも坂本さんに頼んでくれや。
迅助　いや、私が頼んでも無駄だと思いますよ。
幹兵衛　何じゃと？　おまんまでわしを馬鹿にするがかよ！

そこへ、竜馬がやってくる。蜜柑を乗せた籠を持っている。迅助は背中を向ける。

竜馬　ほたえなや、幹兵衛。うるそうて寝れんきに。
進八　坂本、元気そうだな。
竜馬　おお、笠原。どうしたんじゃ、そんなに痩せて。
進八　太ったんだよ。それより、おまえに会わせたいやつがいるんだ。（と迅助の肩をつかんで、振り返らせて）ほら。

迅助・竜馬　（顔を見合わせて）あっ！

大治郎　（竜馬に）どうだ、驚いただろう。おまえをびっくりさせようと思って、今まで黙ってたんだ。

迅助　（竜馬に）どうも。

竜馬　げにまっこと久しぶりじゃのう。こげん所で会えるとは思うちょらんかったぜよ。

迅助　私もです。ハハハ。

進八　なんだ。おまえら、やっぱり知り合いだったのか。

大治郎　俺の言った通りじゃないか。よし、飲み直そう。もんさん、その酒をくれ。

竜馬　いや、酒はもうええ。幹兵衛、これを食え。（と蜜柑を幹兵衛に投げる）

もん　飲まはらへんのどすか？　せっかく高いのをお持ちしましたのに。

進八　じゃ、俺が飲もう。小金井も飲むか？

迅助　いえ、結構です。

竜馬　小金井よ。おまん、いつから泉州屋におるんじゃ。

進八　十日前からだ。斜向かいの団子屋で、幹兵衛に喧嘩を吹っかけられて。

もん　（竜馬に）怪我しはった須田はんを、ここまで背負うてきはったんどす。

竜馬　ほいで、そのまま居ついたっちゅうわけかよ。

大治郎　いや、俺が引き留めたんだ。都に出てきたばかりで、住む所もないと言うから。

迅助　しかし、意外でした。皆さんが、こんなに坂本さんと親しいなんて。

大治郎　話さなかったか？　俺と坂本は、千葉道場で剣を競い合った仲だ。俺が入門したのは、十

竜馬　三年前の春。その次の日に、こいつが入門してきた。つまり、道場では、俺が先輩ということになる。

大治郎　たった一日じゃろうが。それに、塾頭になったのはわしの方が先じゃ。

竜馬　黙れ。あれは、さな子さんが推薦したからだ。おまえというやつは、剣では俺に勝てないから、さな子さんを利用して。

進八　べこのかあ。わしがそんな汚い手を使うと思うがか？

もん　顔を合わせるたびにその話だ。もう勘弁してくれ。

幹兵衛　喧嘩するほど仲がええて言うやおへんか。奥村はんが坂本はんの古馴染やなかったら、とうの昔に叩き出してましたわ。

藤太　わしだって、坂本さんとは子供の頃からの付き合いじゃ。

迅助　おまえは、家が近所だったというだけだろう。奥村さんは、坂本さんにとって、なくてはならない人だ。坂本さんのいない間、都の勤皇派をまとめてるんだから。

竜馬　そうだったんですか。

まっこと頼りなる男じゃ、奥村は。ほれ。

竜馬が大治郎に蜜柑を投げる。が、大治郎はうまく受け取れず、落とす。

もん　どないしはったんどす、奥村はん。酔わはったんどすか。

大治郎　少し回ってきたようだ。もんさんがきれいに見える。

もん　酔うてはらへん時はどう見えてはるんのどす。
迅助　もっときれいに見えますよ。ところで、坂本さんは都へ何しに来たんですか？　奥村さんが呼んだんですか？
大治郎　そうじゃない。坂本は――
竜馬　小金井には話さんでええ。
大治郎　なぜだ。
竜馬　わしゃおまんら四人を誘いに来たんじゃ。おまんらの腕を見込んでのう。かわいそうじゃが、小金井は員数外じゃ。
進八　一体、何の話だ？
竜馬　秘策じゃ、幕府を倒すための。さて、わしゃ帰るぜよ。小金井、ちくと送ってくれんかのう。
幹兵衛　待ってください、坂本さん。
竜馬　何じゃ。
幹兵衛　わしはまだ納得しちょらんきに。なんでわしを連れていってくれんがかよ。
藤太　その話は、また今度でいいじゃないか。
幹兵衛　おまんは黙っちょれ！（竜馬に）わしは坂本さんに言われた通りに、奥村さんの手伝いをしてきた。そやけんど、いつまで経っても荷物持ちばかりじゃ。ええ加減、他の仕事をさせてもらいたいきに。
竜馬　もう根を上げたかよ。おまん、ガキの頃から変わっちょらんのう。

幹兵衛　わしは坂本さんのそばで働きたい。坂本さんを助けたいんじゃ。
竜馬　いらん、いらん。おまんなんぞ、足手まといになるんがオチじゃ。

幹兵衛が刀を抜く。

大治郎　幹兵衛、何をする気だ。
幹兵衛　わしは武士です。ここまで馬鹿にされて、黙っちょるわけにいきません。
竜馬　面倒な男じゃのう。見んかったことにしちゃるきに、早う刀を仕舞え。
藤太　ほら、幹兵衛。（と幹兵衛の腕をつかむ）
幹兵衛　（藤太の手を振り払って）わしは本気です。坂本さん、抜いてください。
竜馬　わしに勝てると思うちゅうがかよ。
幹兵衛　坂本さんはもう何年も剣を振っちょらんきに。腕は鈍っちょるはずじゃ。
竜馬　なるほど、おまんの言う通りかもしれん。けんど、ガキの相手をするほど、落ちぶれちゃおらんぜよ。
幹兵衛　何じゃと！

幹兵衛が竜馬に斬りかかる。竜馬が避ける。幹兵衛が再び竜馬に斬りかかる。竜馬が刀を抜いて、幹兵衛の刀を受ける。幹兵衛の腹を蹴り飛ばす。幹兵衛が床に転がる。

竜馬　（刀を納めて）行くぜよ、小金井。
迅助　あ、はい。

迅助と竜馬が去る。藤太・もんが幹兵衛に駆け寄る。

もん　どうもおへんか、須田はん。

幹兵衛が去る。後を追って、藤太も去る。

大治郎　困ったやつだ。坂本に刀を向けるとは。
進八　しかし、坂本もよくねえ。幹兵衛の話をちゃんと聞いてやんねえから。
もん　せやけど、やっぱり坂本はんは強おすなあ。また惚れ直しましたわ。わあ、恥ずかし。坂本はんには言わんといとくれやす。（と逃げる）
進八　言わねえよ。坂本もあんまりうれしくねえだろうし。

もんが去る。反対側へ、大治郎と進八が去る。
泉州屋の庭。
迅助と竜馬がやってくる。竜馬が立ち止まる。

竜馬　おまん、いつから名前を変えたんじゃ。
迅助　十日前です。奥村さんたちと知り合ってから。
竜馬　えろう、あいつらと仲良うなったもんじゃのう。新選組は辞めたがか。
迅助　いいえ。
竜馬　ほやったら、おまんは密偵っちゅうことになるきに。生かしちょくわけにはいかんのう。

竜馬が刀に手をかける。迅助も、思わず刀に手をかける。

竜馬　（笑って）やめちょこう。新選組なんぞ斬っても、一文の得にもならんきに。
迅助　そう簡単に斬れると思わないでください。私はいつも、沖田さんに稽古をつけてもらってるんですから。
竜馬　ほりゃ、大したもんじゃ。沖田ちゅうんは新選組随一の遣い手らしいのう。
迅助　ええ、そうです。沖田さんだけじゃない、土方先生も近藤先生も、強くて立派な方です。
竜馬　そうムキになりなや。今回だけは見逃しちゃるきに、とっとと ここから出ていけ。そのかわり、ここで見たことは一切口外するな。
迅助　あなたに命令される覚えはない。斬りたければ、斬ればいいでしょう。
竜馬　おまんには恩がある。おまんが手当てをしてくれんかったら、わしゃ今頃、この世におらんかったかもしれん。恩人を斬るような刀は持っちょらんきに。
迅助　あの時は、あなたが坂本だなんて知らなかったから。

竜馬　知っちょったら、斬ったがかや。

迅助　あなたは怪我をしていた。怪我人を斬るような刀は持ってません。

竜馬　げにまっこと新選組においちょくには惜しい男じゃのう。

迅助　ふざけないでください。私は、新選組にいることに誇りを持ってるんです。

竜馬　ようわかった。わかったきに、今すぐ出ていけ。次に会うた時は、遠慮なく、おまんを殺すぜよ。ええかよ。

竜馬が去る。反対側に、迅助が去る。

7

慶応二年十二月十四日昼。華屋。

山崎がやってくる。托鉢僧に扮し、笠を被っている。華屋の前で立ち止まり、念仏を唱え始める。そこへ、るいと美里がやってくる。前掛けをしている。

美里　女将さん、お坊様です。お布施を差し上げないと。

るい　いらんいらん。そないなことに遣うお金は、うちの店にはありまへん。

美里　じゃ、お米を。私、取ってきます。

るい　ええから、放っとき。そのうち、諦めて、よそへ行くやろ。

美里　（山崎に）すみません、お坊様。うちの女将さんはとても信心深い方なんですけど、今日は持ち合わせがないので、また明日来てほしいと仰ってました。

山崎　拙僧の耳には、そないには聞こえませんでしたが。

美里　せめて、お団子はいかがですか？　実は昨夜、こちらの旦那さんが新しいお団子を作ったんです。タコの墨で真っ黒にした、名付けて、明石団子。

山崎　いや、それは結構。

るい　（奥に向かって）あんた、明石団子一人前。
山崎　頼んでへんのに。

そこへ、迅助がやってくる。

迅助　美里さん。どうしたんですか、その恰好は。
美里　こちらで働くことになったんです。女将さんが住み込みで雇ってくださって。
るい　（迅助に）江戸へ帰りはる路銀を作りたいんやて。うちは今すぐ貸したる言うたんやけど、ちゃんと働いて稼ぎたいねんて。
美里　私、体を動かすのは大好きですから。
るい　美里はん、小金井はんにも、明石団子一人前。
美里　はい、ただいま。

美里が去る。

るい　邪魔もんはおらんようになりましたで、山崎はん。
山崎　やっぱり、気付いとったんか。（と笠を外すと、見事な禿頭）
迅助　どうしたんですか、その頭は。全然似合ってませんよ。
山崎　もう手遅れや。（とまた笠を被って）ほんで、急ぎの用ちゅうのは何や。

迅助　それが大変なんです。昨夜、泉州屋に坂本竜馬が来たんです。

るい　ほんまかいな。なんでうちを呼んでくれへんかったんや。

迅助　そんなことを考えてる暇はありませんでした。坂本の顔を見た途端、腰を抜かしそうになって。私は前にも坂本に会ってたんです。

るい　いつ。どこで。

迅助　今年の一月に伏見で。その時、坂本は怪我をして、材木置き場に座り込んでました。私は坂本の顔を知らなかったので、傷の手当てをしてやったんです。

山崎　そんな時、おまえは新選組の隊士や言うて名乗ったんか。

迅助　ええ。でも、坂本は奥村さんたちに何も言いませんでした。帰り際に、今回だけは見逃しちゃるって。

るい　いっぺん助けてもろうたさかい、恩返しをしたんや。やっぱりええ男やな、坂本はんは。

山崎　せやけど、無事でよかった。立川、おまえの仕事はこれで終わりや。屯所へ帰れ。

迅助　いいえ。私はもう少し、泉州屋にいます。

山崎　アホ。また坂本が来たらどないすんねや。

迅助　その時はその時ですよ。坂本は奥村さんたちに、何か頼み事をしに来たんです。本人は、幕府を倒すための秘策だって言ってました。それが何なのか、一刻も早く、突き止めないと。

そこへ、美里と升三がやってくる。美里は団子と茶碗を載せた盆を持っている。

升三　美里はん、わてが持っていきますよってに。

美里　大丈夫ですよ。私に任せてください。あっ！（と盆を引っ繰り返す）

るい　（升三に）なんで美里はんに運ばせるんねや。これで三回目やで。

升三　せやかて、どうしてもやりたいて言うさかい。

美里　すみません。すぐに代わりを持ってきますから。

升三　いや、あんたはここに座っとってください。何もせんと。

美里が去る。そこへ、あやのがやってくる。

あやの　あら、小金井はんやないの。何しといやすの？

迅助　ちょっと団子を。あやのさんは、どこかへお出かけですか？

あやの　お琴のお稽古の帰りどす。女将はん、うちにもお茶いれとくれしまへんか。

るい　へえ、ただいま。（升三に）なんであんたがここにおるんや。美里はんを一人にしたらあかんやないの。

美里の叫び声が聞こえる。るいと升三が「またや」と言いながら、走り去る。

迅助　じゃ、私は帰ります。

あやの　待って。なんでうちの顔を見ると、すぐに逃げはるの？
迅助　別に、そういうわけじゃ。
あやの　小金井はんは、うちみたいな若い娘と、二人きりで話さはったことあらへんの？
迅助　ええ。実はそうなんです。
あやの　うちもそうや。せやから、さっきからなんや、顔が熱うなってしもうて。ちょっと触ってみて。（と迅助の手を握って、自分の頬に当てようとする）
迅助　（手を引いて）結構です。俺、やっぱり、帰ります。
あやの　何でやの。小金井はんはうちのこと、嫌い？
迅助　嫌いだなんて、そんな。
あやの　せやったら、好き？
迅助　好きでも、嫌いでもありません。あなたのことは何とも思ってないんです。
あやの　いやーっ！（と迅助を突き飛ばして）誰か！　誰か来て！

そこへ、藤太が走ってくる。るい・美里・升三もやってくる。

藤太　どうしたんですか、あやのさん！
あやの　（迅助を指して）この人が。この人が、無理矢理、うちの唇を。（と泣く）
藤太　何だと？
るい　ほんまですの、小金井はん？

迅助　私は何もしてませんよ。
藤太　てめえ、よくも俺のあやのさんに。（と刀に手をかける）
迅助　嘘ですよ。私はただ、話をしてただけで。
あやの　いきなり、襲いかかってきはったやないの。お母はん！（と走り出す）
迅助　待ってください、あやのさん！（と走り出す）
藤太　許さないぞ、小金井！

あやの・迅助・藤太が走り去る。

美里　（るいに）本当なんでしょうか、今の話。
るい　小金井はんに、そないな根性あるうは思われへんけど。
升三　せやけど、あんなかわいい人が嘘をつくやろか。
るい　今、なんちゅうた？　かわいいやて？
山崎　では、拙僧はこれで。
美里　あれ？　お団子は召し上がらないんですか？　今、お持ちしますけど。
るい　（山崎に）食べへんかて、お代はいただきまっせ。小金井はんの分も。
山崎　ほんなら、食べまひょ。

美里・るい・升三・山崎が去る。

泉州屋の座敷。
もん・梅・あやのがやってくる。あやのは泣いている。

もん　ほんまにかわいそになあ。内儀はんもお悪いんどすえ。うちがあれだけ反対しましたのに、どこの馬の骨ともわからへん浪人を泊めはって。

梅　うちには、ええお人に見えたんどすけどなあ。

そこへ、迅助と大治郎がやってくる。

大治郎　失礼します。この度は、小金井が大変なご迷惑をおかけしまして。

もん　謝らはっても無駄どすえ。あやのはんのお体は、もう元には戻らしまへんし。

迅助　ちょっと待ってください。私は、本当に何もしてないんです。

大治郎　小金井、武士なら武士らしく、自分の非を認めろ。

迅助　話をしてただけなんですよ。そうしたら、あやのさんが急に。

もん　あんたはんは、あやのはんが嘘をついてはるて言わはんのどすか？

梅　小金井はん。確かに、あやのは我が儘な娘どす。そやけど、嘘をつくほど悪い子やとは思えしまへんのや。

大治郎　俺も同感です。第一、あやのさんには、嘘をつく理由が何もない。こうなったからには、潔く責任を取らせます。

迅助　責任て？
大治郎　決まってるだろう。あやのさんを嫁にもらうんだ。
迅助　そんな。
大治郎　いかがです、内儀さん。小金井があんな振る舞いをしたのも、あやのさんに恋い焦がれてのこと。俺が必ず、幸せにさせますから。
もん　どないします、内儀はん？
梅　そうどすなあ。あやのさえ、それでよかったら。
あやの　待って、お母はん。
梅　悪い話やないと思うえ。あんたも、ええ年やし。
あやの　せやけど。

そこへ、ゆきのがやってくる。

ゆきの　あやの、はよ謝りよし。
あやの　お姉ちゃん。いけずやわ、また立ち聞きしてはったん？
ゆきの　いけずはどっちやの。あんた、どこまで小金井はんを困らせたら気済むの。
大治郎　何を言ってるんですか？
ゆきの　あやのは嘘をついてます。小金井はんが相手にしてくれはらへんし、悔しかったんどすわ。
そうやろ、あやの。

もん　ゆきのはんは妹はんより、小金井はんの肩持たはんのどすか？
ゆきの　その人は、毎朝早うに起きて、庭の掃除をしてくれたはる。ここに来てから、一日も欠かさんと。そないにまじめなお人が、女子を襲うやなんて、うちには思えへんのや。
梅　どうなんえ、あやの。
あやの　ごめんなさい。ちょっとてんごが過ぎました。
もん　あやのはん。
あやの　堪忍したって、お母はん。悪気はなかってん。
梅　あんたって子は。謝るんにゃったら、小金井はんに謝り。
あやの　堪忍な、小金井はん。せやけど、よかったやないの。お姉ちゃんの気持ちわかって。
ゆきの　何やの、うちの気持ちって。
あやの　好いてはんにゃろ、小金井はんのこと。隠してもわかるわ。
ゆきの　アホなこと言わんといて。（と歩き出す）
迅助　ゆきのさん。（梅たちに）失礼します。

ゆきのと迅助が去る。

梅　えろうすんまへんどしたな、奥村はん。いらんお手間をかけさせてしもうて。
大治郎　いや、こちらこそ面目ない。しかし、一つ気になることがあるんです。あやのさんが団子屋へ行った時、小金井は何をしていましたか？

あやの　さあ。見たことない、お坊さんと一緒においやしたけど。
大治郎　坊主と？
梅　ほな、これで失礼します。あやの、こっちにおいで。
あやの　お説教は堪忍して。二度とせえへんし。
梅　ええから、おいで。
もん　長うなりそうどすな。

もん・梅・あやのが去る。反対側へ、大治郎が去る。
泉州屋の庭。
ゆきのと迅助がやってくる。

迅助　待ってください、ゆきのさん。お礼を言わせてください。
ゆきの　お礼なんかいらしまへん。妹の不始末は、姉のうちにも責任がありますよって。
迅助　でも、本当に助かりました。あなたが来てくれなかったら、無理矢理、夫婦にさせられるところだったんです。
ゆきの　その方がよかったんと違います？
迅助　え？
ゆきの　男はんやったら誰でも、あやのみたいな子がお嫁に欲しいんと違いますの？
迅助　そんなことはありません。私は、あの手の女子はどうも苦手で。

ゆきの　ほんまに、あやのには何もしてはらへんのどすか？
迅助　してませんよ。参ったな。信じてくれたんじゃなかったんですか？
ゆきの　今度のことはあやのが悪い。せやけど、小金井はんは奥村はんらのお仲間どすさかい。
迅助　そんなにあの人たちが嫌いですか？
ゆきの　都にいてる浪人たちは、一人残らず嫌いどす。
迅助　どうして。みんな、この国を何とかしようって、頑張ってるんですよ。
ゆきの　お国のためやったら、何してもええのんどすか？　都を火の海にして、罪のない人たちから家を取り上げて。勤皇の志士が聞いて呆れます。ただの乱暴者の集まりやおへんか。なんで、そないな人のお仲間なんかに……。すんまへん。また言い過ぎました。（と歩き出す）
迅助　待ってください。
ゆきの　（立ち止まる）
迅助　もし、私が浪人じゃなかったから。そうしたら、好きになってくれますか？

ゆきのが去る。反対側へ、迅助が去る。

8

慶応二年十二月二十四日昼。泉州屋の蔵。
大治郎がやってくる。

大治郎　藤太！　幹兵衛！　誰もいないのか？

そこへ、進八と美里がやってくる。

進八　大治郎、今、美里が来てるんだ。ちょいと話を聞いてやってくれねえか。

大治郎　断る。(と行こうとする)

進八　そう言わずに、頼む。美里は明日、江戸へ帰ることになった。それで、俺たちに挨拶に来たんだ。

大治郎　(美里に) 俺はすぐに帰れと言ったはずだ。なぜ十日もグズグズしていた。

美里　帰りたくても、路銀がなかったんです。だから、華屋で働いて、稼ごうとしたんですが。

進八　(大治郎に) 女将さんに、もういいと言われたそうだ。団子を落としたり、皿を割ったり、

大治郎　美里が働くと、返って損をする。路銀ならいくらでも貸してやるから、すぐに出ていってほしいと。

美里　（美里に）そんなことをわざわざ言いに来たのか。

大治郎　大治郎さん、一生のお願いです。私と一緒に江戸へ帰ってください。

美里　寝ぼけたことを言うな。

大治郎　大治郎さんが幕府を倒したいというお気持ちはわかります。でも――

美里　おまえに何がわかる。今、倒さなければ、日本は異国の食い物になるんだ。

大治郎　そうかもしれません。でも、あなたの左目は――

進八　黙れ！

大治郎　そうか。やっぱり、おまえの左目は見えなくなってたのか。

進八　（美里に）話したのか。

　そうじゃない。一つ屋根の下で暮らしていれば、いやでも気付くさ。いつから見えなくなったんだ。

美里　三年前です。他の道場との試合で、左のこめかみを突かれて。

進八　医者には何て言われた。

美里　何軒も回ったんですけど、手の施しようがないって。

進八　それは江戸の医者だからだ。大坂や長崎に行けば、もっといい医者がいる。（大治郎に）美里と一緒に大坂へ行け。ちゃんと目を治すんだ。

大治郎　見えなくなったのは、左目だけだ。困ることは何もない。

進八　普段はな。しかし、剣を取って、戦うとなったら、話は別だ。おまえにはもう戦ができない。都にいても、無駄なんだ。

大治郎　黙れ！　たとえ両目が見えなくなっても、おまえの腕よりは上だ。

そこへ、幹兵衛と藤太が走ってくる。

藤太　よかった。お二人に話があったんですよ。

大治郎　何かあったのか。

藤太　ええ。でも……。（と美里を見る）

大治郎　こいつのことは気にするな。今、帰るところだったんだ。

美里　大治郎さん。

大治郎　もう二度と会うことはないだろう。幸せになってくれ。

美里が走り去る。

大治郎　（藤太に）で、話というのは何だ。

藤太　ついさっき、華屋へ行ったら、小金井が妙な男と話をしてたんです。

大治郎　妙な男？

幹兵衛　大工の恰好をしちょったが、目つきがやけに鋭かったきに。ありゃ、間違いなく武士じゃ。

藤太　（大治郎に）しかも、俺はその男を前にも見てるんです。その時は、坊主の恰好でしたが。
大治郎　坊主？
幹兵衛　わしらのことを報告してたんじゃ。やっぱり、小金井は新選組のやつだぜよ。
大治郎　しかし、あいつは坂本の知り合いなんだぞ。
進八　坂本も騙されてるんじゃないか？　俺たちが騙されたように。
幹兵衛　善人そうなツラしやがって、裏ではわしらを笑っちょったんじゃ。
進八　おい、静かにしろ。

そこへ、迅助がやってくる。

迅助　ただいま帰りました。あれ、どうかしたんですか？　皆さん、深刻な顔をしちゃって。
大治郎　話し合いをしてたんだ。坂本の誘いを受けるかどうか。
進八　おい、大治郎。
大治郎　小金井は俺たちの同志だ。話を聞く権利はある。
迅助　誘いって、この前、坂本さんが言ってたやつですか？
大治郎　順を追って、説明しよう。実は、今年の一月に、ある同盟ができた。坂本と中岡が周旋して、薩摩と長州が手を握ったんだ。
迅助　まさか。薩摩と長州は、犬猿の仲ですよ。
大治郎　幕府を倒すために、互いの恨みを捨てたんだ。で、次は土佐の番だ。坂本は、土佐を助けるために、軍隊を作ることにした。まずは、亀山社中を海軍にして、これを坂本が統率する。次に、都にいる浪人たちを陸軍にして、これを中岡が統率する。

迅助　その陸軍に、奥村さんたちも誘われたんですか？

大治郎　ああ。中岡を助けてやってほしいと、頭を下げられた。結成は、来年の春。もう名前も考えてあるそうだ。坂本の軍は海援隊、中岡の軍は陸援隊。

迅助　いい名前ですね。海援隊と、陸援隊か。

大治郎　俺たちは参加するつもりだが、君はどうする。

迅助　どうすると聞かれても。私は員数外だって言われたし。

大治郎　坂本には、俺が話をつける。おまえさえその気なら。

迅助　でも、私は剣には自信がないし。

大治郎　だったら、死ぬ気で鍛練すればいい。大切なのは、幕府を倒したいという気概だ。俺は、たとえ最後の一人になっても戦う。おまえだって、そうだろう。

迅助　もちろんです。私は、幕府を倒すために都へ来たんですから。

大治郎　だったら、返事は聞くまでもないな。

迅助　すみません、少しだけ考えさせてください。私は、中岡という人のことはよく知らないので。

大治郎　そうか。じゃ、じっくり考えてくれ。

迅助　ありがとうございます。（と行こうとする）

進八　小金井、どこへ行くんだ？

迅助　ちょっと散歩してきます。重大な話を聞いたせいか、顔が熱くなっちゃって。

迅助が去る。

藤太　奥村さん、どういうつもりですか。坂本さんの秘策を話すなんて。
大治郎　気にするな。隠し事というのは、いずれ漏れるものだ。進八、小金井の後を追え。
進八　え？
大治郎　あいつが新選組なら、今の話を報告しに行くはずだ。現場を押さえられれば、言い逃れもできないだろう。
進八　わかった。
藤太　俺も行きます。
幹兵衛　待て、わしも行くきに。

幹兵衛と藤太が走り去る。

進八　大治郎。坂本の誘いは断れ。
大治郎　何を言う。昨夜、四人でやるという結論を出したはずだ。
進八　俺たち三人はやるさ。しかし、おまえは大坂へ行け。美里と一緒に。
大治郎　俺が邪魔だと言うのか。

進八　ああ、邪魔だ。しかし、美里にとっては、自分の命よりも大切なんだ。

進八が去る。
三年前の、文久三年十二月二十四日夕。江戸にある、川越藩の上屋敷。
美里がやってくる。

美里　ごめんなさい、奥村さん。兄は今、出かけてるんです。もうすぐ帰ってくると思いますけど。
大治郎　そうですか。じゃ、しばらく待たせてもらってもいいですか。
美里　ええ、どうぞ。今、お茶をお持ちしますね。
大治郎　いや、結構です。
美里　遠慮なさらないでください。どうせ、安物のお茶ですから。
大治郎　本当に結構です。それより、少し話をしませんか。進八が帰ってくるまで。
美里　私でよかったら、喜んで。
大治郎　……。
美里　今日は寒いですね。夜になったら、雪でも降るんでしょうか。
大治郎　そうですね。
美里　初詣は、どちらにいらっしゃるんですか？
大治郎　そうですね。

美里　河童は、本当にいると思いますか？
大治郎　そうですね。え、河童？　すみません、別のことを考えてました。どうやって切り出そうかと。
美里　え？
大治郎　いや、何でもないんです。それにしても、寒いですね。知ってましたか？　都は江戸より南にあるのに、江戸より寒いって。
美里　そうなんですか？
大治郎　坂本の手紙に書いてありました。鼻毛まで凍りそうだと。
美里　坂本さんて、奥村さんの前に塾頭だった方ですよね？
大治郎　ええ、そうです。今は、神戸の海軍操練所にいます。軍艦奉行の勝海舟先生の下で、船の勉強をしてるんです。
美里　軍艦奉行を、なぜ「先生」とお呼びになるんですか？
大治郎　坂本の影響ですよ。あいつは、勝先生の弟子なんです。
美里　奥村さんも坂本さんも、勤皇派ではないのですか？
大治郎　去年の十月、坂本は勝先生のお宅へ行ったんです。勝先生を斬るために。ところが、いきなり「幕府なんか潰しちまえ」と言われた。幕府の真ん中にいる人だからこそ、幕府の腐り具合がわかるというわけです。
美里　それで、弟子入りしたんですか。おもしろい方ですね。
大治郎　全く、あいつには会う度に驚かされます。つい昨日までは道場にいたのに、今は日本中を

美里　飛び回ってる。
大治郎　奥村さんも、日本中を飛び回りたいんですか？
美里　俺がですか？　どうして。
大治郎　何だか、坂本さんのことが羨ましそうだから。
　それは違いますよ。人には、向き不向きがある。俺は不器用だから、坂本みたいな真似はできない。道場で竹刀を振るのが、性に合ってるんです。それに……。
美里　それに？
大治郎　江戸には、美里さんがいる。俺は、美里さんを幸せにしたいんです。
美里　私を？
大治郎　今日、ここへ来たのは、進八に頼みがあったからです。美里さんを、俺の嫁にもらいたいと。
美里　……。
大治郎　いきなり、すみません。迷惑だったら、迷惑だと言ってください。
美里　迷惑なんかじゃありません。
大治郎　え？　今、なんて言ったんですか？
美里　やっぱり、お茶をお持ちします。うんと熱いのをいれてきますから。

美里が去る。反対側へ、大治郎が去る。

9

慶応二年十二月二十四日夕。華屋。

迅助が「るいさん!」と叫びながら、走ってくる。反対側から、るいがやってくる。

るい　どないしたんですか、血相変えて。

迅助　山崎さんは、もう帰りましたか?

るい　ええ、とっくに。もしかして、また坂本はんが来はったんですか?

迅助　そうじゃなくて、坂本の言ってた、秘策ってやつがわかったんです。

るい　ほんまに?　うちにも教えてくださいよ。

迅助　すみません、先に山崎さんに知らせないと。失礼します。

迅助が走り出す。

るい　そして、迅助はんは走り出しました。今度は真っ直ぐ、島原を目指して。

そこへ、進八・幹兵衛・藤太がやってくる。

進八 るいさん、ここに小金井は来なかったか?

るい いいえ。

幹兵衛 おかしいのう。確かに、こっちに来たはずじゃが。

藤太 (遠くを指して)笠原さん、あの後ろ姿は。

進八 小金井だ。よし、追うぞ。

進八・幹兵衛・藤太が走り出す。

るい 三人は、迅助はんを追いかけて、走り出しました。せやけど、迅助はんの足に、簡単に追いつけるわけあらへん。

幹兵衛 (走りながら)小金井のやつ、なんちゅう速さじゃ。

藤太 (走りながら)笠原さん、もっと速く走れないんですか。

進八 (走りながら)悪かったな。これでも精一杯なんだ。

るい 後をつけられてんのも知らんと、迅助はんは走り続けました。四条通りを西へ二五〇〇メートル、大宮通りを南へ一四〇〇メートル、丹波口通りを西へ二〇〇メートル走って、島原に到着。山崎はんを探し始めました。

迅助が立ち止まり、周囲を見回す。

幹兵衛　（立ち止まって）あいつ、遊廓なんぞに、何の用じゃ。

藤太　（立ち止まって）ここで誰かに会うつもりかな。あれ、笠原さんは？

進八　（まだ走っている）

るい　ところが、山崎はんの姿はなかった。山崎はんの馴染みの太夫から、上七軒にいるかもしれないと聞き、すぐに島原を飛び出しました。

迅助が走り出す。

進八　（立ち止まって）ああ、やっと追いついた。

幹兵衛　行きますよ、笠原さん。

進八　え？　もう？

藤太　ほら、早く早く。

進八　すまん、藤太。これ以上走ったら、俺は死んでしまう。

藤太　仕方ないな。じゃ、先に帰っててください。

幹兵衛と藤太が走り出す。進八は去る。

るい　ここで早くも、笠原はんが脱落。迅助はんは今来た道を逆に戻って、さらに大宮通りを西北へ三〇〇メートル、千本通りを北へ八〇〇メートル、今出川通りを西へ三〇〇メートル走って、上七軒に到着。また、山崎はんを探し始めました。

迅助が立ち止まり、周囲を見回す。

幹兵衛　（立ち止まって）また遊廓かよ。全く、何を考えとるんかのう。ん？　藤太？

藤太　（まだ走っている）

るい　ところが、ここにも山崎はんはいてへんかった。せやけど、迅助はんは挫けへん。次に目指したのは屯所です。

迅助が走り出す。

藤太　（立ち止まって）待ってくれ、幹兵衛。俺も限界だ。

幹兵衛　情けないのう。華屋へ帰って、団子でも食っちょれ。

幹兵衛が走り出す。藤太は去る。

るい　ここで今度は、荒井はんが脱落。迅助はんは、今出川通りを東へ一二〇〇メートル走り、

幹兵衛　堀川通りへ向かいました。堀川通りに差しかかる手前で。

るい　（立ち止まって）あっ！　足がつったっちゃ！

偉そうな口を叩いとった須田はんも、ここでついに脱落。後は、迅助はんの独走状態。

幹兵衛が去る。

るい　堀川通りを南へ四二〇〇メートル駆け抜け、西本願寺に到着した迅助はん。ところが、またしても山崎はんの姿はなし。それやったらと、沖田や土方を探しましたが、生憎、二人とも出かけた後。仕方なく、華屋へ走って帰ってきました。走行距離は、合わせて一六〇〇〇メートル。かかった時間は、なんと三十六分。もしもこのペースで四二、一九五キロを走ったら、一時間三五分。一三六年後の世界記録より、三〇分も早い！

迅助が立ち止まる。そこへ、山崎と升三がやってくる。山崎は武士の扮装をしている。

升三　お帰りなさい、立川はん。さっきから、山崎はんがお待ちですよ。

迅助　（山崎に）一体、どこへ行ってたんですか？

山崎　ちょっと三本木までな。その後、島原へ寄ったら、ついさっき、おまえが探しに来たちて言うから。

るい　今度はどないな恰好で来るんか、楽しみやったのに。

山崎　何に化けてもけなされるから、一ぺん基本に戻ることにしたんや。（迅助に）ほんで、今度は何があったんや。

迅助　大変なんです。実は――

そこへ、進八・幹兵衛・藤太がやってくる。

進八　小金井、そいつは誰だ？

迅助　え？　いや、この人は……。

山崎　（進八に）私は元・小田原藩士、三鷹銅太夫です。ついさっき、都に着いたんですが、道がわからなくなりましてね。それで、この人に聞いてたんです。

幹兵衛　下手な芝居はやめろ。おまん、新選組じゃろうが。

迅助　まさか。この人は、本当にただの浪人ですよ。

進八　なぜそいつの肩を持つ。おまえもそいつの仲間なのか？

迅助　とんでもない。この人とは、今日初めて会ったんです。

藤太　隠しても無駄だ。おまえは、そいつと昼間もここで会ってた。十日前もだ。

山崎　それは、私によく似た別人でしょう。この店に来たのは、今日が初めてなんですから。

藤太　本当か、升三さん？

升三　ええ。わても、そのお方の顔を見たのは初めてです。

るい　（升三を叩いて）せやけど、うちとこの店には、お客さん仰山来はるさかいな。はっきりしたことはわかりまへん。

進八 （迅助に）大治郎の話を聞いた後、おまえは島原へ走った。一体、何しに行ったんだ。

迅助 私のことをつけてたんですか？

進八 途中までだがな。おまえは散歩すると言って、泉州屋を出た。それなのに、なぜ都を走り回った。

迅助 それは……。

進八 答えは一つ。そいつを探してたんだ。

迅助 違いますよ。私は本当に散歩してたんです。私の散歩は、いつも全力疾走なんです。

幹兵衛 黙れ！　芝居はもうたくさんじゃ！

山崎が迅助の腕をつかみ、首に刀を向ける。幹兵衛と藤太が刀を抜く。

山崎 （進八たちに）動くな。動くと、こいつの命はないぞ。

進八 何のつもりだ。

山崎 自分の仲間を疑うとは、ほんまに呆れたやつらやな。俺は、おまえらの様子が探りたかっただけや。ほんで、こいつに近付いたんや。

幹兵衛 まだ芝居をするがか！

山崎 二月前、稲荷町で新選組の隊士が殺された。下手人は、おまえらのうちの誰かや。こいつを助けたかったら、すぐに名乗り出ろ。

進八　そいつはとんだ濡れ衣だ。確かに、新選組は吐き気がするほど嫌いだが、わざわざ斬ろうとまでは思わない。自分の手が汚れるだけだからな。
山崎　名乗り出ろちゅうたんが、聞こえへんかったんか？（と迅助の腕を捻り上げる）
迅助　痛い痛い痛い！
るい　荒井はん、小金井はんを助けたって。
藤太　（進八に）俺たちの誤解だったようですね。小金井は、あいつに利用されただけなんだ。
進八　そうかな。これも芝居かもしれないぞ。
山崎　三つ数えるうちに名乗り出えへんかったら、こいつの喉笛切り裂くぞ。（と迅助の腕をさらに捻り上げる）
迅助　その前に腕が折れる！
るい　荒井はん、早う！
藤太　どうします、笠原さん。
進八　仕方ない。小金井は斬るな。斬るのはそいつだけだ。

幹兵衛が山崎に斬りかかる。山崎が避ける。藤太が山崎に斬りかかる。山崎が避ける。

山崎　乱暴なやつらやな。こいつがどうなってもええんか？
進八　斬りたければ、斬れ。それとも、斬れない理由があるのか？
山崎　（迅助に）悪いな。なるべく痛ないようにするから。

迅助　そんな。

幹兵衛と藤太が斬りかかる。山崎と迅助が避ける。進八が抜刀し、山崎に斬りかかる。山崎が迅助の手を放す。

進八　小金井、早く刀を抜け。
迅助　え？　あ、そうか。（と刀を抜き、山崎に向ける）
山崎　四対一か。腹の底まで腐ったやつらやな。
幹兵衛　ほたえな！

幹兵衛が山崎に斬りかかる。山崎が避ける。藤太が山崎に斬りかかる。山崎が避ける。

進八　小金井、おまえも戦え。
迅助　は、はい。

迅助が山崎に斬りかかる。山崎が避ける。進八が山崎に斬りかかる。山崎が避けて、転ぶ。進八が刀を振り上げる。そこへ、美里がやってくる。

美里　兄上、やめてください！

進八　美里。おまえは口を出すな。
美里　その人が何をしたっていうんです。
幹兵衛　こいつは新選組じゃ。小金井から、わしらのことを聞き出そうとしたんじゃ。
美里　だからって、何も殺すことはないじゃありませんか。
幹兵衛　女子は引っ込んじょれ！
進八　やめろ、幹兵衛。
幹兵衛　なんで止めるんじゃ、笠原さん。
進八　殺す前に、話を聞こう。こいつが本当に新選組かどうか。（山崎に）立て。

山崎が立ち上がる。進八が山崎の腹を殴る。山崎が気絶して、倒れかかる。藤太が山崎を担ぐ。迅助・進八・幹兵衛・藤太・山崎が去る。

美里　女将さん、今の人に見覚えはないですか？　前にも、ここで会ったような気がするんですけど。
るい　新選組なんかに、知り合いいてへんわ。なあ、あんた。
升三　女子っちゅうのは、ほんまに恐ろしい生きもんやなあ。

るい・美里・升三が去る。

10

慶応二年十二月二十四日夜。泉州屋の座敷。
もん・竜馬・大治郎がやってくる。反対側から、梅がやってくる。

梅　まあまあ、坂本はん。よう来とくれやしたなあ。
竜馬　この前は、挨拶もせんと失礼しました。今日はゆっくりしていきますきに。
梅　嬉しおすわあ。また、お土産話、聞かしとくれやす。うちの娘も、坂本はんにお会いするのを、楽しみにしてましたんえ。
もん　うちはもっと楽しみにしてました。
梅　もん、ゆきのとあやのを呼んできて。
もん　そのうち、来はりますやろ。それより、うちは坂本はんのお話を。
梅　そう言わんと、呼んできて。うちらだけで聞いたら、あの子らに怒られますよって。
もん　そやけど。
大治郎　もんさんは、坂本の側を離れたくないんでしょう。（竜馬に）この前なんか、おまえに惚れ直したって言ってたんだぞ。

もん　（大治郎を叩いて）言わんといてて言うたのに。

もんが走り去る。

大治郎　全く、おまえというやつは、女子に人気があるな。もんさんなんか、俺と話してる時とは別人だ。
竜馬　僻むな、僻むな。おまんには、笠原や藤太がおるろうが。
大治郎　男に好かれても嬉しくない。
梅　そう言うたら、奥村はん。奥方はんが江戸から出てきはったそうどすな。
竜馬　まことかよ、奥村。
梅　（大治郎に）もんが言うてましたえ。せっかく来はったのに、追い返しはったて。
大治郎　とうに縁が切れてますから。今さら、話すことはありません。
竜馬　えろう変わっちゅうのう。わしに引き会わせた時は、こじゃんと鼻の下を伸ばしちょったくせに。
梅　坂本はんは、奥方はんにお会いやしたことあんのどすか？
竜馬　三年前じゃったかのう。勝先生のお伴で江戸へ行った時、奥村の家に顔を出したんです。そしたら、こいつは美里さんを呼んできた。近いうちに夫婦になるっちゅうて、わしにこじゃんとたぎっちょった。
大治郎　自慢などしてない。美里が、おまえに会ってみたいと言ってたから。

竜馬　あん時は、おまんが羨ましかったぜよ。まっこと、ええ女子を見つけたと。
大治郎　昔の話だ。それより、内儀さんに報告したいことがあるんです。
梅　へえ、何どっしゃろ。
大治郎　俺たちは、来年の春、ここを出ることになりました。今まで、本当にお世話になりました。
竜馬　ほうか。おまん、その気になってくれたかよ。
大治郎　ああ。
竜馬　礼を言うぜよ、奥村。おまんが加わってくれりゃ、百人力じゃ。
梅　ほんまによろしおしたなあ。何のことか、さっぱりわからしまへんけど。

そこへ、ゆきのとあやのがやってくる。

あやの　いやあ、ほんまに坂本はんやわ。
竜馬　おお、久しぶりじゃのう。
あやの　お元気そうやねえ。長州の戦に参加しはったらしいて聞いて、心配してたんどすえ。
竜馬　いらん心配じゃ。幕府の海軍は、腰抜け揃いじゃったきに。長州軍が大砲を一発撃っただけで、慌てて逃げていきよったわ。
ゆきの　えろう楽しそうに話しはりますなあ。坂本はんが、殺し合いがお好きやったとは、知りまへんどした。
梅　これ、ゆきの。

竜馬　いや、今のはわしが悪い。たとえ幕軍のやつでも、命の重さに変わりはないきに。戦なんぞ、やらんで済むなら、その方がええんじゃ。

大治郎　亀山社中の船が沈んだそうだな。

竜馬　ワイルウェフ号か。あれは戦の前じゃ。嵐に遇うて、あっちゅう間に沈んだらしい。池内蔵太も、黒木小太郎も死んだ。げにまっこと惜しいことをしたぜよ。

大治郎　しかし、己の志を貫き通して死んだんだ。思い残すことはないだろう。

竜馬　そうかもしれん。けんど、わしゃこの頃、ちくと考えるんじゃ。戦をせずに、この国を変える方法はないもんかと。

大治郎　そんなことができるものか。幕府を倒すには、戦の一字。それしかない。

竜馬　じゃけど、命を粗末にするのは考えもんじゃ。

大治郎　坂本。おまえほどの男が、死ぬのが怖くなったのか。

竜馬　待て待て。ほんに、奥村は短気じゃのう。見てみい。内儀さんたちが怯えちょるぞ。

大治郎　（梅に）すみません。つい興奮してしまって。

梅　ええんどす。奥村はんがこの国を思わはるお気持ちは、ようわかってますさかい。せやけど、坂本はんの言わはることもわかる。大事なんは、死ぬことやおへん。生きて、この国をようすることどす。

竜馬　その通りじゃ。内儀さんは話がわかるぜよ。それにしても、ちくと会わんうちにきれいになったのう。

あやの　いややわ、照れますやおへんか。

竜馬　わしゃ、ゆきのさんに言うたんじゃが。
あやの　お姉ちゃんに？
ゆきの　坂本はん、てんご言わんといてください。
竜馬　冗談じゃないぜよ。まあ、わしに褒められても、あんまり嬉しゅうないかもしれんが。
あやの　きれいにもなりますわ。ええ人ができましたさかいに。
ゆきの　あやの。
竜馬　ほう。誰じゃ、そのええ人っちゅうんは。
あやの　へえ、小金井いうお方どす。
竜馬　小金井？
ゆきの　うちは何とも思うてしまへん。小金井はんかて、うちのことなんか。

そこへ、もんが走ってくる。

もん　奥村はん、坂本はん。急いで蔵へ行ったってください。
大治郎　笠原たちが帰ってきたんですか？
もん　へえ。どなたかわからしまへんけど、気失うてはる男はん連れて。なんや、ただごとやない様子どした。
竜馬　行くぜよ、奥村。
大治郎　（梅たちに）失礼します。

竜馬と大治郎が去る。反対側へ、もん・梅・ゆきの・あやのが去る。

泉州屋の蔵。

迅助・進八・幹兵衛・藤太がやってくる。藤太は山崎を担いでいる。山崎は荒縄で縛られている。

進八　（迅助に）よし、ここに降ろせ。

藤太　（山崎を床に降ろす）

幹兵衛　いい気なもんじゃ。まだ眠っちょる。打ち所が悪うて、死んだのかもしれんのう。

迅助　え？

山崎　（気付いて）どこや、ここは。

迅助　よかった、生きてた。

藤太　よかった？

迅助　これで、こいつが何者かわかるじゃないですか。

山崎　縄を解け。こんなもので縛らんでも、逃げたりせえへん。

進八　その前に、話を聞かせてもらおう。おまえは新選組か。それとも、見廻組か。

山崎　さあな。

幹兵衛　おまん、自分の立場がようわかっちょらんのう。正直に答えんと、その喉笛を切り裂くぜよ。

山崎　そんな脅しが効く思うとんのか？　正直に言うても、同じことするくせに。

幹兵衛　生意気な口をきくな！
迅助　笠原さん、こいつを逃がしてやりませんか。
進八　なぜだ。
迅助　こいつの目的は、新選組の隊士を殺した、下手人です。笠原さんたちが下手人じゃないとわかれば、もう手出しはしてきませんよ。
幹兵衛　何を言うとるんじゃ。こいつを逃がしたら、すぐに味方を連れて、戻ってくるぜよ。わしらを皆殺しにするために。
迅助　まさか。
進八　いや、幹兵衛の言う通りだ。小金井、おまえはなぜこいつの肩を持つんだ。
山崎　それはこいつが人の心を持っとるからや。おまえらと違うてな。
幹兵衛　喧しい！（と刀を抜いて）笠原さん、さっさとこいつを斬りましょう。新選組じゃろうが何じゃろうが、幕府の手先に変わりゃせん。
藤太　（進八に）俺も同感です。こいつが口を割るとは思えません。
迅助　二人とも、落ち着いてくださいよ。
進八　小金井、おまえが斬れ。
迅助　え？
進八　悪いが、俺はまだ、おまえを疑ってる。俺たちの同志だという証を、はっきり見してくんねえか。
山崎　上等や。どうせ死ぬんやったら、人の心を持ったやつに斬られたい。

迅助　……。
進八　どうした、小金井。やっぱりそいつの仲間なのか？
迅助　私は、人を斬ったことがないんです。
山崎　そう言わんと、頼む。俺は虫ケラに斬られるのはいやや。
幹兵衛　何じゃと？（と山崎に刀を向ける）
進八　待て。俺は小金井にやれと言ってるんだ。さあ。
幹兵衛　（迅助に）どういた、早う斬れ。

迅助が刀を抜く。山崎に刀を向ける。そこへ、竜馬と大治郎がやってくる。

竜馬　小金井、こりゃ、一体、何の騒ぎじゃ。
藤太　坂本さん、いらしてたんですか。
竜馬　その男は何もんじゃ。
進八　恐らく新選組だ。小金井に近付いて、俺たちを探ってたんだ。
竜馬　新選組？
山崎　おまえ、土佐の坂本竜馬か。
幹兵衛　黙れ。誰が口をきいてええて言うた。
山崎　まあ、そう言うな。まさか、こんな所で坂本に会えるとはな。おまえら、ただの虫ケラやなかったたんやな。

幹兵衛　黙れっちゅうとるのがわからんがか。
大治郎　進八。小金井は、密偵じゃなかったのか？
進八　どうやら、そのようだ。まだ人を斬ったこともないらしい。そんなヤツが、密偵に選ばれるとは思えねえ。
幹兵衛　小金井、モタモタするなよ。おまんがやらんやったら、わしがやるぜよ。
竜馬　待て、幹兵衛。
幹兵衛　なんで止めるんですか。こいつは坂本さんの顔を見たんですよ。
竜馬　つまらん殺生はするな。おまんが刀を持っちゅうのは、こげんくだらんことのためかよ。
幹兵衛　じゃとしたら、わしは、おまんを仲間とは呼びとうないぜよ。
竜馬　しかし。
（幹兵衛に）早う刀を引け。小金井もじゃ。

迅助と幹兵衛が、刀を鞘に納める。

大治郎　坂本、おまえの言ってることはわかる。俺だって、戦以外で人を斬るつもりはない。しかし、こいつは新選組だ。このまま帰すわけにいかないだろう。
竜馬　じゃけど、何も殺すことはない。とにかく、そいつのことはわしに任せろ。ええか。誰も手を出すなよ。（と歩き出す）
藤太　どこへ行くんですか？

竜馬　散歩じゃ。そいつをどうしたらええか、考えてくる。小金井、おまんも付き合え。ちくと聞きたいことがあるきに。

迅助　わかりました。

迅助と竜馬が去る。

11

慶応二年十二月二十四日夕。泉州屋の蔵。

山崎　おい、少し縄を緩めてくれ。手首が痛うて堪らん。
藤太　静かにしてろ。
山崎　ケチなやっちゃな。おまえら、女にもてへんやろ。
幹兵衛　（山崎の胸ぐらをつかんで）あんまり、えい気にならん方がえぇぜよ。斬るなとは言われたが、殴るなとは言われちょらんきに。（と突き飛ばす）

そこへ、もんがやってくる。

もん　奥村はん。内儀はんが、皆さんを呼んではりますえ。
進八　後にしてくれ。今、手が放せないんだ。
もん　そやけど、「すぐに呼んできて！」て、えらい剣幕どしたえ。急いで行かはった方がええんちゃいますか？

大治郎　わかった。藤太と幹兵衛は残れ。つまらない真似はするなよ。

大治郎・進八・もんが去る。
泉州屋の近くの路上。
迅助と竜馬がやってくる。

迅助　何ですか、聞きたいことって。
竜馬　気安う話しかけるな。わしゃ今、腸が煮えくり返っちょるんじゃ。
迅助　……。
竜馬　なんで十日前に出ていかんかった。次に会うた時は、殺すと言うたはずじゃろうが。
迅助　悔しかったんです。あなたに、新選組をバカにされて。
竜馬　くだらん意地張りやがって。おまんさえ出ていきゃ、あの男も捕まらずに済んだんじゃ。
迅助　わかっています。どうぞ、私を斬ってください。その代わり、あの人は見逃してください。あの人は、私を命懸けで庇ってくれたんです。
竜馬　甘いのう。おまんみたいなやつが、よう密偵に選ばれたもんじゃ。
迅助　足の速さを見込まれたんです。私には、それぐらいしか取り柄がないから。
竜馬　そう言やあ、初めて会うた時も走っちょったの。おまんの足が、わしらを出会わせたっちゅうわけかよ。

そこへ、ゆきのがやってくる。

ゆきの　坂本はん、どちらへお出かけどすか。

竜馬　わしに何ぞ用かや。

ゆきの　そないなわけやおへんけど、お二人があんまり深刻なご様子やったし。

竜馬　そいで気になって、ついてきたがか。

ゆきの　一体、何があったんどす？　蔵に連れてこられはったんは、どなたはんどすの？

迅助　新選組の山崎という人です。

ゆきの　新選組の人が、なんでうちの蔵に？

迅助　それは、私を庇うためです。今まで隠してて、すみませんでした。私も山崎さんと同じ、新選組の隊士なんです。小金井なんて名前も嘘っぱちで、本当は立川迅助っていうんです。

竜馬　べこのかあ。自分から正体をバラす密偵がおるかよ。

迅助　ゆきのさんには、もう嘘をつきたくないんです。

ゆきの　待っとくれやす。うちをおちょくってはんの？

迅助　違います。私は、山崎さんの命令で、奥村さんたちを調べてたんです。あの中に、人を殺したやつがいるって言われて。

竜馬　そいつは見当外れじゃ。奥村は、無闇に人を斬るような男じゃないきに。笠原も幹兵衛も藤太もそうじゃ。

迅助　私も、昨日まではそう思ってました。でも、あの人たちは山崎さんを斬ろうとしている。

竜馬　そんな度胸があいつらにあるかよ。口で騒いどるだけじゃ。
ゆきの　坂本はんはどないどすの。その人を斬るおつもりやのんどすか？
迅助　斬られても仕方ないんです。私は、この人との約束を破ったから。
ゆきの　答えとおくれやす、坂本はん。
竜馬　わしが何をしようと、わしの勝手じゃ。おまんに指図される覚えはないきに。
ゆきの　……。
竜馬　そろそろ日が暮れる。おとなしゅう、家へ帰った方がええぜよ。

ゆきのが去る。

竜馬　立川よ。おまん、ゆきのさんに惚れちょるんか。
迅助　ええ、惚れています。いけませんか。
竜馬　見直したぜよ。おまん、なかなか女子を見る目があるのう。
迅助　下らないことを言ってないで、さっさと斬ってください。あなたが抜かないなら、私から行きますよ。（と刀に手をかける）
竜馬　わしとやるっちゅうんか。殺せっちゅうたんは嘘か。
迅助　嘘じゃありません。でも、あなたは幕府の敵だ。どうせ死ぬなら、戦ってから死にたい。
竜馬　べこのかあ。わしは幕府なんぞ、相手にしちょらんぜよ。
迅助　隠しても無駄です。あなたは今、軍隊を作ろうとしている。幕府を倒すために。

竜馬　倒すんじゃのうて、なくすんじゃ。秘策中の秘策で。
迅助　また秘策ですか。今度は何です。
竜馬　幕府に政権を返上させるんじゃ。一言で言うたら、大政奉還じゃ。
迅助　何ですって？
竜馬　薩摩と長州は、何が何でも幕府を倒そうとしちょる。そのためには、多少の血が流れても仕方がないっちゅうとる。じゃけど、わしはもういやなんじゃ。人が死ぬのを見るんは。この秘策を徳川慶喜が聞き入れてくれりゃ、人が一人も死なずに済む。わしの軍隊も、戦わずに済むきに。
迅助　目茶苦茶だ。そんなことができるわけない。
竜馬　そう簡単に決めつけるなや。やってみんことにはわからんじゃろうが。しもうた。ちくと喋り過ぎたぜよ。どうも、おまんと話しちょると、調子が狂うのう。さっさと新選組へ帰りや。
迅助　え？
竜馬　わしの敵は世界じゃ。幕府も新選組も、相手にしちょる暇はないきに。帰れ。
迅助　帰りません。山崎さんと一緒でなければ、絶対に。
竜馬　勝手にせい。

迅助と竜馬が去る。
泉州屋の座敷。

梅がやってくる。反対側から、大治郎・進八・もんがやってくる。

梅 笠原はん、困りますえ。お仲間でもないお方を、連れてきはるやなんて。
進八 安心してください。内儀さんには、決して迷惑をかけませんから。
もん わからはらへんお人どすな。連れてきはったことが、もう迷惑やのどす。
大治郎 なぜですか。
梅 うちがお世話をしてきたのは、あんたはんらを信じてたからどす。訳ものう人を傷付けたり、殺したりしはるようなお方やないて。
進八 しかし、相手は新選組です。我々の同志が、どれだけあいつらに殺されてきたか。
もん やられたさかい、やり返す言わはんのどすか？　そんなん、子供の喧嘩と同じやおへんか。
進八 女子に何がわかる。
大治郎 やめろ、進八。
梅 確かに、女子が口を挟むようなことやおへん。せやけど、あんたはんらに蔵をお貸ししたのは、うちどす。新選組やろうと何やろうと、手荒な真似をしはったら、許さしまへんえ。
進八 許さないとはどういうことです。
梅 ここを出ていってもらいます。今すぐに。
進八 俺たちがどうなってもいいんですか。俺たちだけじゃない。坂本も。
梅 構しまへん。先祖代々守ってきた蔵を、これ以上、汚しとうないんどす。
大治郎 わかりました。あの男は、すぐに、外へ出します。

進八　おい、大治郎。
大治郎　（梅に）我々は武士です。今までの恩を、仇で返すような真似はしません。

大治郎と進八が去る。反対側へ、梅ともんが去る。
泉州屋の蔵。
ゆきのがやってくる。

ゆきの　須田はん、荒井はん。急いで、建仁寺へ行ってください。
藤太　何かあったんですか？
ゆきの　さあ。今、前を通りかかったら、坂本はんが駆けてきはって、あんたはんらを呼んできてほしいいて。何や、慌ててはりましたえ。
幹兵衛　（藤太に）何じゃと思う。
藤太　もしかすると、小金井を斬ったのかもしれないな。
ゆきの　小金井はんを？　なんで？
藤太　あなたには関わりのないことです。（幹兵衛に）奥村さんを呼んでくる。
ゆきの　そんなん、うちが行きます。お二人は、早うお寺さんへ。
幹兵衛　わかった。（懐から鍵を出して、山崎に）鍵は持っていくきに。逃げられると思うなよ。

幹兵衛・藤太・ゆきのが去る。

山崎　立川のアホんだら。せっかく庇ったったのに、なんで逃げへんかったんや。

そこへ、ゆきのが戻ってくる。鍵を持っている。

山崎　今度はあんたが見張り役か？
ゆきの　動かんといとおくれやす。今、縄をほどきますし。（と解き始める）
山崎　何やと？
ゆきの　うちは山崎はんを助けたいんどす。立川はんのお仲間やさかい。
山崎　ほんなら、坂本が呼んでるちゅうのは。
ゆきの　嘘どす。お二人は、建仁さんとは反対側へ行かはりました。
山崎　無事なんか、立川は。
ゆきの　わからしまへん。せやけど、坂本はんは、立川はんを斬る言うてはりました。早う行って、助けたげとくれやす。
山崎　わかった。（と立ち上がるが、すぐに転がる）
ゆきの　まだ縄がほどけてしまへん。えろうきつう括ったはりますさかい。痛おへんか？
山崎　ああ、手首がちょんぎれそうや。せやけど、よう鍵が手に入ったな。
ゆきの　うちは泉州屋の娘どす。合鍵がどこにあるかぐらい、知ってますえ。

そこへ、大治郎と進八がやってくる。

大治郎　ゆきのさん。こんな所で、何をしてるんです。

ゆきの　へえ。庭を歩いていてたら、この方の呻き声が聞こえたんどす。あんまり痛そうやし、ちょっと縄を緩めてあげよう思いまして。

山崎　おかげさんで、めっちゃ楽になりました。ほんますんません。

ゆきの　ほしたら、うちはこれで。（と行こうとする）

進八　（立ちはだかって）おかしいな。声が聞こえたぐらいで、あなたがここへ来るなんて。今まで一度も、顔を出したことがねえのに。

ゆきの　それだけ、苦しそうなお声やったんどす。

大治郎　（鍵を指して）では、それは何です。わざわざ合鍵を持ち出すほど、そいつを助けたかったんですか？

ゆきの　（鍵を押さえて）これは……。

そこへ、迅助と竜馬がやってくる。

迅助　ゆきのさん。どうしてあなたがここに？

進八　驚くなよ。この女は、そいつを逃がそうとしたんだ。

山崎　せやから、ちゃう言うてるやんけ。

大治郎　おまえは黙ってろ！　ゆきのさん、どういうことか、説明してください。まさか、俺たちを裏切ってたんですか？

竜馬　奥村、滅多なことを言うもんじゃないぜよ。

大治郎　しかし、そう考えれば、辻褄が合う。俺たちがここにいることは、泉州屋の人間しか知らない。それなのに、なぜこの男は嗅ぎつけたんだ。

進八　なるほど。この女が知らせたってわけか。

迅助　それは誤解です。

進八　なぜそう言い切れる。おまえもこの女の仲間なのか？

迅助　それは……。

ゆきの　（進八に）小金井はんは関係あらしまへん。うちはうちの意志でやったんどす。

そこへ、幹兵衛と藤太がやってくる。

藤太　ゆきのさん、あなた、俺たちを騙したんですね？

進八　おまえら、どこへ行ってたんだ。この男を一人にして。

藤太　ゆきのさんに言われたんですよ。坂本さんが建仁寺で呼んでるって。

幹兵衛　（進八に）じゃけど、さすがに妙じゃと思うて、引き返してきたんじゃ。こりゃあ、一杯食わされるところじゃった。

大治郎　（ゆきのに）これで、はっきりしたようですね。あなたは、俺たちを裏切っていた。この

ゆきの　男の仲間なんだ。仲間やおへん。ただ、そのお方を助けたかったんどす。あんたはんらみたいな、乱暴もんから。ゆきの　それがあんたの本音か。

進八　へえ。うちは、あんたはんらが大嫌いどす。二言目には、お国のためや言うて、平気で人を殺しはる。あんたはんらを見ると、虫酸が走んのどす。

幹兵衛　もういっぺん、言うてみい。（とゆきのの腕をつかむ）

ゆきの　やめてください！（と幹兵衛の手を振り払って）ゆきのさんは関係ない。あなたたちを裏

迅助　切ってたのは、俺なんだ！

12

慶応二年十二月二十四日夜。泉州屋の蔵。

山崎　アホ。いきなり、何言い出すねん。
迅助　山崎さん、やっぱり、俺には密偵なんて無理だったんです。
藤太　おまえ、やっぱり、そいつの仲間だったのか。
迅助　そうです。私は新選組の人間です。新選組一番隊士、立川迅助です！
幹兵衛　貴様！

進八・幹兵衛・藤太が刀を抜く。迅助も刀を抜き、ゆきのと山崎の前に立つ。次の会話の間に、ゆきのが迅助から小刀を受け取り、山崎の縄を切る。

進八　大治郎、やっぱり、俺の言った通りだったな。だから、簡単に信じるなと言ったんだ。
大治郎　待て、進八。内儀さんとの約束を忘れたのか？
竜馬　何じゃ、約束っちゅうんは。

大治郎　ついさっき、この蔵を汚すような真似はするなと言われた。
竜馬　さすがは内儀。言う時は言うのう。ほれ、幹兵衛も藤太も落ち着け。
大治郎　（進八たちに）聞こえないのか。早く刀を引け。
藤太　奥村さんは腹が立たないんですか？　そいつは、俺たちをずっと騙してたんですよ。
幹兵衛　新選組の分際で、わしらを馬鹿にしちょったんじゃ。（迅助に）まっこと、ええ気分じゃったろうのう。
迅助　馬鹿になんかしてません。これは本当です。
進八　黙れ！　おまえの嘘は聞き飽きた。

進八・幹兵衛・藤太が次々と迅助に斬りかかる。迅助が必死で避ける。進八が迅助に斬りかかる。迅助が倒れる。山崎がゆきのから小刀を取り、進八に斬りかかる。進八がかわす。次の会話の間に、進八が去る。

大治郎　やめろ。そいつらを外へ出すんだ。
藤太　まさか、見逃せって言うんですか？
幹兵衛　どうかしちょるぜよ、奥村さん。あんたは、ただの臆病者じゃ。
竜馬　弱い犬ほど、よう吠えるっちゅうぜよ。
幹兵衛　弱いかどうか、よう見とけ！

幹兵衛が山崎に斬りかかる。山崎がかわす。竜馬が幹兵衛をつかみ、突き飛ばす。

竜馬　やめろと言うちょるのが、聞こえんがか。

幹兵衛　引っ込んじょってください。いくら坂本さんでも、邪魔は許さんぜよ。

藤太が迅助に斬りかかる。迅助が避ける。大治郎が藤太の腕をつかむ。

大治郎　よせ。おまえは、こんな馬鹿げたことのために、稽古を積んできたのか。

藤太　あなたは、何のために都へ来たんです。戦うためじゃなかったんですか?

藤太が大治郎の腕を振り払い、迅助に斬りかかる。迅助が避ける。幹兵衛が山崎に斬りかかる。山崎がかわす。山崎が幹兵衛に斬りかかる。幹兵衛が転ぶ。そこへ、進八が戻ってくる。槍を持っている。進八が山崎に斬りかかる。山崎がかわす。

山崎　とうとう槍を持ち出してきよったな。それで、俺ら、刺そうちゅうんか。高尾を刺したように。

迅助　え?

進八　(山崎に)誰だ、高尾というのは。

山崎　忘れたんか?　おまえが殺した、新選組の隊士や。高尾も、見廻組も、京都守護職も、後ろから声かけられて、振り向いたところを刺されたんや。なんで下手人は刺すんか。なんで面や胴やなくて、突きばかりやるんか。おまえの剣を見て、やっとわかった。

迅助　笠原さんの剣が、何だって言うんです。

山崎　昼間、団子屋の前で斬り合うた時、こいつは左手を上にして、刀を持った。今と同じようにな。それは刀あらへん、槍の持ち方なんや。槍で戦う時は、突いて突いて突きまくる。なんで下手人は突きばかりやるんか。答えは、槍の使い手やからや。

大治郎　それだけで、進八が下手人だと決めつけるのか？　槍の使い手なら、他にいくらでもいる。

山崎　確かにそうや。せやけど、東国訛りで、薬の匂いがして、しかも、槍が使えるんは、その男だけや。

大治郎　こいつは俺の同志だ。意味のない殺しなど、やるわけがない。

進八　おまえのやってることには、意味があるのか。

大治郎　何だと？

進八　都に来てから、おまえは何をした。毎日毎日、他の浪人たちと話し合うばかり。おまえはそれで満足かもしれないが、俺はもう沢山だ。

山崎　せやから、幕府の人間を襲ったんか。

進八　話し合いが何の役に立つ。幕府を倒したかったら、戦うしかない。一人ずつ殺していくしかないんだ。

大治郎　なぜだ。なぜ、俺に話さなかった。

進八　言っても、無駄だからだ。おまえには、戦はできない。

竜馬　べこのかあ。新選組の一人や二人殺して、それが何になるんじゃ。
幹兵衛　他にどうせえっちゅうんです。わしには剣しかない。坂本さんや奥村さんのように、口で人をまとめることなんどできんのじゃ。
竜馬　幹兵衛。まさか、おまんも。
藤太　そうです。俺たち三人でやったんです。俺と幹兵衛が見張り役をして、笠原さんが斬った。
大治郎　藤太、おまえ。
藤太　黙ってて、すみませんでした。でも、俺も笠原さんと同じことを考えてたんです。毎日毎日、木剣を振るだけでいいのかと。それで日本が変えられるのかと。
迅助　そんな。あなたたちだけは違うと思ってたのに。
山崎　こいつらの方が一枚上手やったようやな。せやけど、これでやっと証拠がつかめた。
進八　よかったな。これで心置きなく、あの世へ行けるぞ。

進八・幹兵衛・藤太が迅助と山崎を囲む。竜馬が刀を抜いて、五人の間に入る。迅助に刀を向ける。

ゆきの　やめとおくれやす、坂本はん。
迅助　いいんです。どうせ死ぬなら、坂本さんに斬られたい。
竜馬　言うたろうが。わしの敵は、世界じゃと。
迅助　え？
竜馬　裏切り御免！

竜馬が藤太に打ち込む。藤太が受ける。竜馬が藤太を突き飛ばす。藤太が倒れる。

幹兵衛　坂本さん、何をするんじゃ。
竜馬　つまらん殺生をしやがって。今日で、おまんらとは縁切りじゃ。

竜馬が幹兵衛に打ち込む。幹兵衛がかわす。竜馬が藤太に打ち込み、藤太の足を打つ。藤太が倒れる。
幹兵衛が竜馬に斬りかかる。竜馬がかわして、幹兵衛の腕を打つ。幹兵衛が倒れる。

ゆきの　坂本はん、斬らはったんどすか?
竜馬　安心せい、峰打ちじゃ。

進八が竜馬に斬りかかる。竜馬がかわす。大治郎が刀を抜いて、竜馬と進八の間に入る。

大治郎　待て、坂本。
竜馬　黙っちょれ!　わしは、どういてもこいつらが許せんのじゃ。
大治郎　何があろうと、こいつらは俺の同志だ。どうしてもやると言うなら、おまえを殺す。
進八　やめろ、大治郎。おまえには無理だ。

大治郎が竜馬に斬りかかる。竜馬がかわす。進八が竜馬に斬りかかる。竜馬がかわして、進八の胴を打つ。進八が倒れる。

大治郎　進八！

竜馬　死にゃせん。肋の二、三本は折れたんじゃろうがのう。

大治郎が竜馬に斬りかかる。竜馬がかわす。竜馬が左手を懐に入れる。

大治郎　何の真似だ。

竜馬　おまんは片目だけで戦っちょる。そんな相手に、両手を使うわけにはいかんぜよ。

大治郎　なぜ知ってる。

竜馬　おまんには左側が見えちょらん。ほんで、蜜柑を落としたんじゃろうが。

大治郎　黙れ！

大治郎が竜馬に斬りかかる。竜馬がかわして、大治郎の肩を打つ。大治郎がひざまずく。竜馬が大治郎に刀を突きつける。

大治郎　殺せ。

竜馬　おまんの腕も落ちたもんじゃのう。二度と剣は遣わん方がええ。その方が身のためじゃ。

大治郎　江戸を発つ時、命は捨てた。殺せ！
竜馬　命を捨てたじゃと？　ほやったら、なんで都に来たんじゃ。
大治郎　俺には、剣しか取り柄がなかった。剣の道を究めることが、たった一つの生き甲斐だったんだ。左目が見えなくなった時、俺は生きる道を失った。あの時、死んだも同然なんだ。
竜馬　ほいで、千葉道場を辞めたがか。
大治郎　そうだ。蛤御門の話を聞いて決めた。どうせなら、戦で死のうと。この国のために、ほんの少しでも役に立ってから、死のうと。
竜馬　ふざけるな。自分のことしか考えられん男に、国が動かせると思うがか。死のうなんぞと思う前に、なんで美里さんのことを考えてやらんのじゃ。
大治郎　美里は関係ない。
竜馬　大ありじゃ、べこのかあ。おまんを追って、江戸から来たんじゃぞ。そんだけ、おまんのことを思うちょるんじゃ。おまんが死んだら、美里さんも死ぬかもしれん。それでもええがか。女子の一人も幸せにできんようなやつに、なんで日本が変えられるんじゃ。
……。
大治郎　立川よ、いつまで突っ立っちょる。早う、その男を連れて、出ていけ。
竜馬　ええんか？　俺ら、見逃したりして。
山崎　（迅助に）その代わり、ここで耳にしたことは、誰ちゃ言うな。
竜馬　約束します。
迅助　おいおい、そらないやろ。おまえが聞いた秘策ちゅうんは、何や。
山崎

迅助　悪いけど、言えません。さあ、行きましょう。
竜馬　おまんの味方をするのは、これが最後じゃ。次に会うた時は、必ず殺すぜよ。ええかよ。
迅助　どうぞ。でも、私はあなたを斬りません。恩人を斬るような刀は持ってませんから。
竜馬　べこのかあ。そりゃ、わしの科白じゃろうが。立川迅助。死ぬなよ。
迅助　坂本さんも、お元気で。

迅助と山崎が去る。

竜馬　ゆきのさん、行かんでええがか？　二度と会えんようになるかもしれんぜよ。
ゆきの　（うなずく）

ゆきのが走り去る。

竜馬　奥村よ、陸援隊の話は忘れろ。おまんらはもう用なしじゃ。
藤太　坂本さん。
竜馬　文句があるか。縁切りじゃと言うたろうが。（と歩き出す）
大治郎　どこへ行くんだ。
竜馬　内儀たちに暇乞いじゃ。わしゃ明日、長崎へ戻るきに。
幹兵衛　許してください、坂本さん。

竜馬　わしに謝るな。謝っても、何ちゃならん。これからどう生きろうが、おまんらが決めることじゃ。

竜馬が去る。反対側へ、大治郎・進八・幹兵衛・藤太が去る。
泉州屋の近くの路上。
迅助と山崎がやってくる。後を追って、ゆきのがやってくる。

ゆきの　待っとおくれやす、立川はん。
迅助　ゆきのさん。どうしたんですか？
ゆきの　あんたはんに、お聞きしたいことがおして。
迅助　何ですか？
ゆきの　あの……。もう、お会いでけへんのどすやろか。
迅助　こう見えても、私はなかなか忙しいんですよ。大坂へもちょくちょく行ってるし。それに、この調子だと、いつ戦が始まるかわからない。そしたら、今よりもっと、忙しくなると思います。
ゆきの　そうどすな。けったいなこと言うて、すんまへんどした。
迅助　何より、私には金がない。あなたを嫁にもらいたくても、すぐってわけには行かないんです。
ゆきの　え？

迅助　一年だけ待ってもらえませんか。一年後の今日、必ず迎えに来ますから。
ゆきの　……。
迅助　ダメですか?
ゆきの　(首を横に振って) 待ちます。いつまでも。
山崎　(迅助に) よかったな。
迅助　あなたは黙っててください。(ゆきの) それじゃ、また。
ゆきの　一年後に。
迅助　(うなずいて) 来年の、十二月二十五日に。

迅助と山崎が去る。反対側へ、ゆきのが去る。

13

慶応二年十二月二十五日朝。華屋。

美里・るい・升三がやってくる。美里は旅装をしている。

美里　るいさん、升三さん。迷惑ばかりかけて、すみませんでした。

るい　あら、迷惑やなんて思うてへんよ。お皿を十枚割って、お団子を三十本落としただけやないの。

美里　お借りした路銀は、江戸に着いたらすぐに送ります。お皿とお団子の代金と一緒に。

るい　気にせんかてええて。せやけど、どないしてもちゅうんやったら。

升三　美里はん。せめて粟田口まで、送りましょか？

美里　いいえ、大丈夫です。来る時は迷ったけど、もう平気ですから。最初の角を、左に曲がればいいいんですよね？

るい　右や。

升三　ほんまに大丈夫でっか？　心配やなあ。

るい　そないに心配やったら、江戸まで付いていってったらええやろ。

升三　そらあかん。わては毎朝、るいの味噌汁を飲まへんと目が覚めへんねん。
るい　うちかて、毎日、あんたの顔を見いひんかったら、生きてかれへん。

そこへ、大治郎がやってくる。旅装をしている。

大治郎　美里。
るい　奥村はん。おたくも美里はんをお見送りですか？
大治郎　いや。実は、都を出ることになった。
るい　えらい急な話やな。ほんで、どちらへ行かはるんです？
大治郎　美里、俺と一緒に大坂へ行ってくれないか。
美里　……。
大治郎　虫のいい頼みだということはわかってる。しかし、俺はどうしてもこの目を治したい。おまえの助けが必要なんだ。
るい　よう言うわ、今さら。
升三　るい。
るい　（大治郎に）昨日、美里さんに何て言うた？　「二度と会うことはないだろう」て言うたんやろ？　それを、どのツラ下げて。
升三　ええから、おまえは黙ってろ！　あ、ごめんなさい。
大治郎　美里、頼む。

美里　私でよかったら、喜んで。
升三　よかった。ほんまによかった。（と大治郎の手を握る）
大治郎　いててて。
升三　（手を放して）どないしはったんですか？
大治郎　昨夜、ちょっと怪我をして。
るい　どうせ、足でも滑らして、階段から落ちはったんやろ。やっぱり、美里はんが側におらへんかったら、あかんのや。
大治郎　全く、るいさんの言う通りだ。美里、行こう。
美里　（るいたちに）本当にありがとうございました。
升三　気つけて。

大治郎と美里が去る。

升三　るい、一つ聞いてもええか？
るい　何や、急に改まって。
升三　昨日、山崎はんが泉州屋に連れてかれた後、なんで新選組の屯所へ行かへんかったんや。山崎はんを見殺しにする気やったんか？
るい　あの人やったら、何とかするやろて思うたんや。それに。
升三　それに？

るい　新選組の連中なんか呼んできてみい、奥村はんどないなるんや。うちは、美里はんを泣かせとうなかった。あの人には、幸せになってほしかったんや。

升三　なるほどな。

升三が去る。

るい　それからしばらくして、美里はんから手紙が来ました。大坂ではええお医者さんが見つからへんかったから、長崎へ行くて。これから先はずっと二人旅や。よかったな、美里はん。笠原はんと須田はんと荒井はんは、どこへ行ったか、わかりまへん。長州にでも行って、軍に加わったんやろか。坂本はんは、次の年の十一月に亡くなりました。中岡慎太郎と一緒におったところを、刺客に襲われたんやて。大政奉還成し遂げて、僅か一カ月後のことでした。同じ年の暮れから、とうとう戦が始まりました。いわゆる、戊辰戦争の幕開けや。新選組は鳥羽伏見の戦に負けて、大坂へ逃げよった。せやから、迅助はんは、泉州屋には現れませんでした。山崎はんは、淀の戦で死んだて話やけど、うちは信じてへん。あの人のことや。きっと坊さんにでも化けて、こそっと逃げ出したんやろ。今頃は、全国行脚の旅でもしてるんやないやろか。ほんで、さらに二年の月日が流れて。

るいが去る。

明治二年十二月二十五日夕。泉州屋の庭。

ゆきのがやってくる。反対側から、梅ともんがやってくる。もんは風呂敷包みを持っている。

梅　ゆきの、今、帰ったえ。

ゆきの　お帰りやす。どうどした、天神はんの縁日は。

梅　終い天神だけあって、えらい人出どした。いろんなお店が並んでて、楽しおしたえ。なあ、もん。

もん　（風呂敷包みを示して）お餅やらお祝い箸やら、たんと買うてきました。これで、いつお正月が来ても安心どすえ。

梅　ゆきのも一緒に行ったらよかったのに。

ゆきの　うちは、あんまり人の多いところは苦手やさかい。

もん　何してはりましたん？　こない庭先で。

ゆきの　そろそろ、お母はんが帰ってきはる頃やと思うて。

梅　こないに寒いのに、迎えに出てくれたん？　おおきに。

もん　うちは、違うと思いますえ。

そこへ、あやのがやってくる。

あやの　どないしたん、みんなそろて。

梅　あやの。あんた、また帰ってきたん？

あやの　ええやないの。たまに里帰りするぐらい。
もん　せやけど、旦那はんが淋しがってはんのと違いますか？
あやの　そうかもしれへんな。あの人、うちにベタ惚れやさかい。
もん　はいはい、ご馳走さんどす。
あやの　お姉ちゃん。立川はん、来はった？
ゆきの　（首を横に振る）
あやの　またやの？　もう諦めた方がええんと違う？
梅　これ、あやの。
もん　ほんまにどこでどないしてはんのんどっしゃろなあ。三年前のあの日から、一ぺんも顔を見せはらへんで。
梅　戦は、とっくに終わったいうのになあ。
あやの　これだけ待っても、来へんのや。やっぱり、死なはったんやろ。
梅　あやの。
あやの　そう思うた方が、お姉ちゃんのためや。お嫁にも行かへんと、ずっと待ち続けて。（ゆきのに）このまま、おばあちゃんになってもええの？
ゆきの　わからへん。ただ、うちには、あの人が生きてるような気がするのや。
あやの　付き合うてられへん。
もん　せやけど、あやのはんも待ってはんのと違いますか？　去年も一昨年も、同じ日に里帰りしはったやおへんか。十二月二十五日に。

あやの　そうやったか？　ああ、さむ。お母はん、もう中入ろ。熱いお茶が飲みたいわ。
梅　そうどすな。ゆきのもお入り。風邪引くえ。
ゆきの　へえ。

もん・梅・ゆきの・あやのが歩き出す。反対側から、迅助がやってくる。

迅助　ゆきのさん。
梅　立川はん。
もん　よかった、おみやがついてはる。
あやの　（迅助に）何してはったん、今まで。
迅助　戦をしてたんですよ。大坂から、江戸、会津、仙台、最後は箱館まで行って。五稜郭で降伏した後は、江戸へ連行されて、しつこく詮議を受けて。
梅　それは大変どしたな。よう生きてはりましたな。
あやの　ほら、お姉ちゃん。（とゆきのの背中を押す）
ゆきの　（迅助に向かうが、黙っている）
あやの　もう。なんで黙ってはるの。お姉ちゃん。
迅助　（ゆきのに）約束を破って、すみませんでした。でも、詮議が終わって、役所を出て、その足でここまで来たんです。走って。
もん　江戸からここまで？

迅助　ええ。一日も早く、ゆきのさんに会いたくて。

ゆきの　（うつむいて、泣き出す）

迅助　ゆきのさん。

迅助がゆきのの肩に手を置く。空から雪が降ってくる。

あやの　お姉ちゃん、雪や。

ゆきのが空を見上げる。迅助も見上げる。二人を祝福するように、雪が降り続ける。

〈幕〉

あとがき

　キャラメルボックスが、初めてハーフタイムシアターを上演したのは、一九八九年の春。今から二十年前、結成から四年目のことでした。当時、私は役者をお休みして、劇団の制作業務に携わっていました。ハーフタイムシアター初めての演目は『銀河旋律』。上演時間四十五分、平日は二ステージ、土日は四ステージ。いざ公演が始まると、お弁当を食べる暇もないほど、役者たちも制作陣も大忙し。「なんでこんなこと思いついたんだ」と文句を言いながら、チケットの準備に追われる毎日でした。

　劇場では、受付に座っていた時間が圧倒的に長かったはずなのに、なぜか蘇ってくるのは、客席の一番後ろで、本番の舞台を見つめている自分です。こういう形態の舞台は他になく、劇団としての知名度もまったくなし。結果、空いているステージも多かった。それでも、当たり前ですが、役者たちは一切手を抜かない。初めて経験する短編演劇に、全員が、全身で挑戦していました。

　客席で私が最初に感じたのは、「不思議な劇団だなあ」ということ。そもそも、なぜハーフタイムシアターが生まれたかというと、観客動員数が公演ごとに飛躍的に増えて、予定していた日数では、お客さんが入りきらない可能性があったため。それなら、一日にやる回数を増やそう、だったら上演時間を短くしてみよう、と、成井さんとプロデューサーの加藤さんが話し合って企画したわけです。ところが、繰り返しになりますが、そんな形態の舞台は珍しく、満席になるという保障なんてどこにもない。加えて、前回の公演で複数の役者が退団したため、『銀河旋律』に出演していたのは男優二人、女優七人。非常にバランスが悪い構成です。冷静に考えれば、不安材料だらけの、危険な賭けだったと言えるでしょう。それなのに、役者たちは途方もなく楽しそうに舞台を駆け回っている。不安、つまりマイナスを、全力でプラスに変えようとしている。カーテンコールで、笑顔に汗を光らせているみんなを見て、「こんなに変わった奴らはいない」と、身内ながら呆れてしまいました。

でも、呆れる一方で、「舞台に立ちたい」という気持ちが湧いてきたのも事実です。その頃の私は、制作の人手も足りなかったし、自分の技量にも疑問があったし、で、このまま役者をやめてもいいんじゃないかと考えていました。けれど、ハーフタイムシアターという初めて挑む枠の中で、がむしゃらに走っている役者たちが、私の悩みや不安を、とても小さいものに感じさせてくれました。こういうことを書くのは身贔屓だと自分でも思いますが、役者をやること、もしかすると舞台そのものから離れかけていた私を、無理矢理引き戻してくれたのは、間違いなく、初めてのハーフタイムシアターでした。公演が終わる頃には、「変わった奴らだ。だから、一緒に走っていきたい」と思うようになったのですから。

さて。あれから二十年が経ち、脚本と演出も担当するようになりましたが、不思議とハーフタイムシアターとは縁がありませんでした。合計十公演のハーフタイムシアターのうち、出演したのは三回、演出として関わったのは僅かに一回だけ。『すべての風景の中にあなたがいます』と『光の帝国』が、初めてハーフタイムシアターの脚本・演出に挑戦した作品なのです。

『すべての風景の中にあなたがいます』は、梶尾真治さんの『未来（あした）のおもいで』が原作です。舞台化をお願いした直後、梶尾さんは成井さんを、物語に出てくる白鳥山に誘ったそうです。当初、成井さんは、舞台を熊本ではなく東京に設定しようかと考えていたのですが、梶尾さんと一緒に山芍薬の群落を見て、やはり滝水と沙穂流が出会う場所は白鳥山にしようと決意したと聞きました。

白鳥山は、劇中で滝水も言っていますが、決して有名な山ではありません。かと言って、簡単に登れる山でもありません。そんな場所へ気軽に誘う梶尾さんと、うかうか誘いに乗る成井さん。そして、二人を待っていたかのように、見事に咲いていた山芍薬。その光景を想像するたび、不思議な縁を感じずにはいられません。

『光の帝国』は、恩田陸さんの短編集『光の帝国』に収録されている『大きな引き出し』が原作です。恩田さんとは、演劇がテーマの小説『チョコレートコスモス』の取材で、キャラメルボックスの稽古場にいらっしゃってからのお付き合いです。二〇〇七年には、『猫と針』という脚本も書き下ろしていただきました。私は最近まで知らなかったのですが、恩田さんと梶尾さんは、ずいぶん前から、お互いを「ソウルメイト」と呼び合う間柄だそうです。そうとは知らずに、まったく別々のルートから、キャラメルボックスはお二方と繋がりました。これもまた、不思議としか言いようがありません。そんな二〇〇九年のハーフタイムシアターを、梶尾さんと恩田さんの世界を、私はやはり客席の一番後ろで堪能しました。二十年前、もう一度舞台に立ちたいと願わなければ、得られなかった幸福だと思います。

『裏切り御免！』は、二〇〇二年のクリスマスに上演した、キャラメルボックス四本目の時代劇です。薩長同盟を成し遂げたばかりの坂本竜馬が、新選組隊士と出会うという構想は、実は以前から暖めていたものでした。一九九六年に、新選組を中心に描いた『風を継ぐ者』を上演した時、成井さんから「次は、主役の迅助に竜馬を助けさせよう」と言われたのです。同じ人物が違う作品に、しかも主役で登場するというパターンは滅多にないため、思いきり楽しんで書くことができました。もちろん、『風を継ぐ者』をご存じない方にも、十分に楽しんでいただけると思います。

キャラメルボックスは現在、結成二十四年目。ここまで走り続けてこられたのは、全員が「初めて」を恐れず、楽しんできたからだと思います。そして、梶尾さんや恩田さんと巡り逢えたご縁や、劇場まで足を運んでくださる方々に支えられてきたからです。感謝の気持ちは、また新しい舞台に込めていくつもりです。ぜひ、劇場でお会いしましょう。

二〇〇九年五月二十日　三度目の『風を継ぐ者』の稽古を控えて

真柴あずき

上演記録

『すべての風景の中にあなたがいます』

上演期間	2009年2月19日～3月29日
上演場所	サンケイホールブリーゼ 新宿FACE

CAST

滝水浩一	岡田達也
藤枝沙穂流	温井摩耶
加塩伸二	細見大輔
藤枝沙知夫	左東広之
藤枝詩波流	岡田さつき
今村芽里	久保田晶子
長者原元	多田直人
天草志路美	稲野杏那

STAGE STAFF

演出	成井豊＋真柴あずき
演出補	石川寛美，有坂美紀
美術	秋山光洋
照明	黒尾芳昭
照明操作	勝本英志，穐山友則，清家玲子
音響	早川毅
振付	川崎悦子
スタイリスト	遠藤百合子
ヘアメイク	武井優子
小道具	高庄優子
大道具製作	C－COM，㈲拓人
舞台監督助手	桂川裕行
舞台監督	村岡晋，矢島健

PRODUCE STAFF

製作総指揮	加藤昌史
プロデューサー	仲村和生
宣伝デザイン	ヒネのデザイン事務所＋森成燕三
宣伝写真	タカノリュウダイ
舞台写真	伊東和則
企画・製作	㈱ネビュラプロジェクト

『光の帝国』

上演期間	2009年2月19日～3月29日
上演場所	サンケイホールブリーゼ 新宿FACE

CAST

春田光紀	畑中智行
春田記実子	岡内美喜子
猪狩悠介	大内厚雄
猪狩義正	阿部丈二
春田里子	坂口理恵
春田貴世誌	小多田直樹
寺崎美千代	小林千恵
猪狩康介	鍛治本大樹
今枝日菜子	井上麻美子

STAGE STAFF

演出	真柴あずき＋成井豊
演出補	石川寛美，有坂美紀
美術	秋山光洋
照明	黒尾芳昭
照明操作	勝本英志，穐山友則，清家玲子
音響	早川毅
振付	川崎悦子
スタイリスト	遠藤百合子
ヘアメイク	武井優子
小道具	高庄優子
大道具製作	C－COM，㈲拓人
舞台監督助手	桂川裕行
舞台監督	村岡晋，矢島健

PRODUCE STAFF

製作総指揮	加藤昌史
プロデューサー	仲村和生
宣伝デザイン	ヒネのデザイン事務所＋森成燕三
宣伝写真	タカノリュウダイ
舞台写真	伊東和則
企画・製作	㈱ネビュラプロジェクト

『裏切り御免！』

上演期間	2002年11月6日～12月25日
上演場所	新神戸オリエンタル劇場 サンシャイン劇場

CAST

立川迅助	細見大輔
坂本竜馬	岡田達也
奥村大治郎	大内厚雄
笠原進八	菅野良一
須田幹兵衛	畑中智行
荒井藤太	三浦剛
美里	温井摩耶／小川江利子
るい	岡田さつき
升三	佐藤仁志／筒井俊作
もん	坂口理恵
梅	大森美紀子
ゆきの	前田綾
あやの	岡内美紀子／實川貴美子
三吉	筒井俊作／佐藤仁志
山崎烝	西川浩幸

STAGE STAFF

演出	成井豊＋真柴あずき
演出助手	白井直
美術	キヤマ晃二
照明	黒尾芳昭
照明操作	勝本英志，熊岡右恭，藤田典子
音楽	ZABADAK
音響	早川毅
殺陣	佐藤雅樹
衣裳	三大寺志保美
ヘアメイク	武井優子
小道具	酒井詠理佳
大道具製作	C－COM，㈲拓人
舞台監督助手	桂川裕行，浅井香都枝
舞台監督	矢島健，村岡晋

PRODUCE STAFF

製作総指揮	加藤昌史
宣伝デザイン	ヒネのデザイン事務所＋森成燕三
宣伝写真	山脇孝志
舞台写真	伊東和則
企画・製作	㈱ネビュラプロジェクト

成井豊（なるい・ゆたか）
1961年、埼玉県飯能市生まれ。早稲田大学第一文学部文芸専攻卒業。1985年、加藤昌史・真柴あずきらと演劇集団キャラメルボックスを創立。現在は、同劇団で脚本・演出を担当するほか、テレビや映画などのシナリオを執筆している。代表作は『ナツヤスミ語辞典』『銀河旋律』『広くてすてきな宇宙じゃないか』など。

真柴あずき（ましば・あずき）
本名は佐々木直美（ささき・なおみ）。1964年、山口県岩国市生まれ。早稲田大学第二文学部日本文学専攻卒業。1985年、演劇集団キャラメルボックスを創立。現在は、同劇団で俳優・脚本・演出を担当するほか、外部の脚本や映画のシナリオなども執筆している。代表作は『月とキャベツ』『郵便配達夫の恋』『我が名は虹』など。

CARAMEL LIBRARY Vol. 16
すべての風景の中にあなたがいます

2009年7月10日　初版第1刷印刷
2009年7月20日　初版第1刷発行

著者　成井豊＋真柴あずき
発行者　森下紀夫
発行所　論創社
東京都千代田区神田神保町2-23　北井ビル
tel. 03（3264）5254　fax. 03（3264）5232
振替口座　00160-1-155266
印刷・製本　中央精版印刷
ISBN978-4-8460-0329-6　

CARAMEL LIBRARY

Vol. 6

風を継ぐ者◉成井豊＋真柴あずき

幕末の京の都を舞台に，時代を駆けぬけた男たちの物語を，新選組と彼らを取り巻く人々の姿を通して描く．みんな一生懸命だった．それは一陣の風のようだった…….『アローン・アゲイン』初演版を併録．　本体2000円

Vol. 7

ブリザード・ミュージック◉成井 豊

70年前の宮沢賢治の未発表童話を上演するために，90歳の老人が役者や家族の助けをかりて，一週間後のクリスマスに向けてスッタモンダの芝居づくりを始める．『不思議なクリスマスのつくりかた』を併録．　本体2000円

Vol. 8

四月になれば彼女は◉成井豊＋真柴あずき

仕事で渡米したきりだった母親が15年ぶりに帰ってくる．身勝手な母親を娘たちは許せるのか．母娘の葛藤と心の揺れをアコースティックなタッチでつづる家族再生のドラマ．『あなたが地球にいた頃』を併録．本体2000円

Vol. 9

嵐になるまで待って◉成井 豊

人をあやつる“声”を持つ作曲家と，その美しいろう者の姉．２人の周りで起きる奇妙な事件をめぐるサイコ・サスペンス．やがて訪れる悲しい結末…….『サンタクロースが歌ってくれた』を併録．　本体2000円

Vol. 10

アローン・アゲイン◉成井豊＋真柴あずき

好きな人にはいつも幸せでいてほしい――そんな切ない思いを，擦れ違ってばかりいる男女と，彼らを見守る仲間たちとの交流を通して描きだす．SFアクション劇『ブラック・フラッグ・ブルーズ』を併録．　本体2000円